玥希縈——著

*Content*

# 目次

# 楔子

正值暑假期間氣溫悶熱，炙熱的陽光從窗外散落在大學空曠的教室內，吹進來卻是涼爽的微風，把白色窗簾吹的一陣波瀾。

「杜小花？我才不會喜歡那種貨色。」男人有著沉靜又剛毅的面容，一雙深邃的眼眸，帶著溫柔的笑容，穿著簡單又清爽的白色襯衫，全身散發著成熟的男人味，用輕描淡寫的口吻說道。

「呦？文風學長好壞喔。」坐在一旁的美女有著精緻的妝容，明顯和大學生不同的成熟打扮，身上飄散著濃烈的香水味，身材火辣，纖細的指尖正挑釁著他的胸口，試圖喚醒著眼前男人深處的慾望，帶著嬌滴滴的語氣：「那……文風學長是喜歡我還是她？」。

「她哪能和妳比……」鄭文風靠近在美女耳畔，淡漠的口氣如呢喃般說著，臉上的表情還一閃而過一絲鄙夷，一雙厚實的大手一改成熟穩重的風格，不安份地在美女的腰間游移。

美女臉上泛著淡淡紅暈，更加挑逗著鄭文風的感官，直到他的身體也慢慢貼近她，空氣中都瀰漫著迷濛的氣息與男女非常輕微的呻吟聲，絲毫沒有發現在門口投射過來的目光，有個人影已經在門外站著好一陣子。

杜小花站在門外看著裡面正在發生的事情，表情淡漠眼神空洞，眼角的淚卻不爭氣地一滴一滴滑落。

她沒有大哭大鬧，她只是沉默地看著，任憑各種紊亂的思緒襲擊著她。

甚至杜小花怕哭出聲音，下意識嗚著嘴咬著唇，直到嘴角早已滲出血絲都不自知，等到她總算是哭累了，她才想到要趕快逃離現場，試圖悄無聲息地離開，她不想打擾裡面正歡快的男女，也不想再看到鄭文風的嘴臉，把原本還緊緊握著要給他的生日禮物隨手丟了，想到自己是如何地精心準備這禮物，是何等的諷刺。

教室外側一片綠意盎然，滿滿的樹葉被風吹著颯颯作響，只是這樣格外清新的景色，看在杜小花的眼中卻只剩下悲傷。

她望著教室不遠處的景觀看台陷入沉思，腦中卻浮現出一幕幕的場景……

二〇二一年六月二十六號，鄭文風帶著爽朗的笑容，用溫柔又令人淪陷的口氣：

「妳要記住……全世界我是最關心妳的人。」

那時的他明明說著她是他最關心的人，但剛剛談到她的表情卻充滿不在乎和不屑。

這是為什麼呢？她不停地反覆詢問。

下一秒，杜小花開始大步奔跑，她想要用最快的速度逃離……有著滿滿回憶的這間學校。

經過中庭的圖書館，上方卻自動浮出一排文字……

二〇二一年八月二十號，某個迷濛的下雨天，鄭文風拿著傘站在杜小花的背後。

「學妹，妳怎麼又忘記帶傘？」

那雙厚實的大手為她撐起了傘，好像撐起了她的全世界，淅淅瀝瀝的雨水隨著傘滑落到地面，雨後撲鼻而來的是草木清新的芬芳，還有凝望著他臉龐的那一刻心動……她依舊清晰就像刻在骨子裡那般。

但……現在她的全世界似乎開始瓦解……

這下子她瘋狂盡全力衝刺，然後在心裡開始埋怨為什麼學校這麼大？

她奔跑了十分鐘過後，眼看只要再經過學校操場，後面就是摩托車的停車場，就可以用最快的速度離開這裡，但雙腳一踏上紅色的跑道，思緒又再度襲來……

「學妹，妳最近是不是……」

「欸？你是嫌我胖了是嗎？」

「我哪敢？這樣也很可愛。」

「不管！從今天開始，我要每天跑操場。」

「那我陪你運動好不好？」

杜小花不明白，這些回憶對她而言就好像是昨天的事情，怎麼回憶中的人和剛剛眼前的人對不上，她開始困惑……哪樣才是真實的他？

難道一切都是我自作多情嗎？

還是因為我長得不夠漂亮？身材不夠辣？不會打扮？

杜小花好不容易一路奔跑到機車停車場，滾燙的汗水透著白色T-Shirt使衣服溼黏又悶熱，但此時此刻她內心的溫度卻是堪比寒冬。她熟練的把鑰匙插入機車孔發動機車，催起油門往校門口騎去，半路上浮現多少點點滴滴，如今都像幻燈片似跟著四周的景物，清晰卻又逐漸模糊起來。

天空也漸漸黯淡下來，沒過多久如豆大的雨水從天空而降，無情地敲打在杜小花的臉上，她的視線隨著雨水和淚水而模糊，失去溫度的掌心還在猛催著油門，好像每吸一口氣，她的心也就跟著痛了一分。

那些美好的回憶和曾經的幸福似乎都隨那個畫面……

這一瞬間，她似乎聽到了什麼被敲碎的聲音。

砰──

巨大的聲響劃破了雨天的安寧，路上散落著摩托車破碎的零件，她彷彿躺在鮮豔的紅色花海之中，跟著雨水的沖刷肆意綻放，杜小花動彈不得卻能感受到自己逐漸失溫，望著腦海裡那最熟悉的陌生人，帶著心痛的感覺緩緩地閉上眼，在眼前一黑完全失去意識之前，她腦海裡就只有這麼一句話。

為什麼……學長，你要這樣對我……為什麼？

# 第一章　日薄西山後成為魔

雨滴敲打著地面的清脆聲音，在杜小花的耳中響起，不曾停過。不知過了多久，她不覺得寒冷但也感覺不到任何溫度，也沒有任何的疼痛只剩下一種寧靜。

杜小花緩緩睜開眼，腦袋一陣空白不知道發生了什麼事，突然時間好像靜止一般，雨滴都停留在半空中，四周一陣漆黑什麼東西都沒有，好像是只屬於她的一種靜謐獨特時光，她艱難地站起身向前走了一步，但每走一步，就有一隻漂亮的黑尾鳳蝶從地底鑽出來在她面前飛舞，奇怪的是……

黑尾鳳蝶的翅膀並不是濃烈的黑色，而是她過往的回憶正鮮活地如幻燈片播映，她情不自禁地碰了那翅膀。

「老闆，我要一支枝仔冰。」一個背著書包綁著馬尾的小女生，正站在老舊的雜貨店前。

啊……那是我小學三年級的時候……真懷念。

杜小花又隨手碰了另一隻黑尾鳳蝶的翅膀。

黃昏西下，黃澄澄的陽光散落著大地，遠方的學校響起令人懷念的鐘聲，提醒著學生準備

放學。

「小花、小花，陪我等公車。」一個短髮的女孩拉著另一名長髮女孩，朝著公車站牌的方向跑去。

「喔……好啊……別跑那麼快阿……」長髮女孩跟著跑，跑的是氣喘吁吁。

杜小花只是呆呆地站在公車站牌的另一端，看著對面的女孩嬉鬧，還有掛在她們臉上的稚嫩笑容，路上來往的行人好像都看不到她似的。

這是我國中的時候，真是懷念……不知道她現在過的怎樣？

回憶放映的速度很快……杜小花又回到那個虛無的狀態，此時此刻她好像是一張白紙，好像要靠這些蝴蝶找回記憶似的，貪婪地觸碰了一隻又一隻的蝴蝶。

「來、來來，大家看我這邊，我數1、2、3就比YA喔。」高中的班導正拿著相機對準大家，他熟練地將相機對好焦，手指比到3便按下快門。

這次她用第三人稱的角度在一旁，靜靜地看著她的高中畢業典禮，這是比3D電影還要真實的體驗，不捨與緬懷從心中油然而生，還帶著一絲愁愴。

隨著杜小花碰觸的黑尾鳳蝶越來越多，在她的身邊也聚集了許多蝴蝶，斑斕的蝶揮動翅膀卻揮霍著她的回憶，不知不覺她已經走了許多腳步。

在她前方有一隻美麗的蝴蝶華麗飛舞，明顯與其他蝴蝶不一樣，全身都閃耀著淡淡的藍色螢光，如月光般的流光花紋點綴其身。

她有預感這是對她最重要的回憶，她想碰卻又感到莫名的膽怯。

美麗蝴蝶只是來到她的眼前，彷彿等待著她的觸摸，看著那光芒最終她的理智被內心的渴求打敗，還是小心翼翼伸出手觸摸……

夏日的夜晚彷彿被墨渲染而黑的濃烈，天空中繁星點點如銀河般圍繞著皓月，寧靜又昏暗的山區裡……

「這裡是哪裡啊？我怎麼會來這裡？」杜小花感到非常困惑，為什麼她會在山區裡遊走，雖然她很像是用飄的方式在前進，如同遊魂一般。

走了幾步路之後，遠遠看到前方兩個人，那是一男一女。

她忐忑不安緩緩靠近，越靠近她的頭就越痛，好像在警告著她不該向前，猶豫之時眼前的場景已經逐漸清晰。

「學妹，還不要睜開眼睛喔。」鄭文風先是把兩人的手電筒關掉，厚實的手掌蓋住杜小花的眼睛，溫柔又小心翼翼地安撫著。

「唉唷！學長，到底有什麼？」杜小花雖然閉著眼，但靜默的夜晚除了森林裡稀疏的聲音，就只剩下學長平靜的呼吸聲，使她臉上寫滿了期待，盡是止不住的嘴角。

在微弱的月光照映下，原本漆黑的草地佈滿了一點一點翠綠的螢光，就像綠色的星星一般流光熠熠，散落著滿山滿谷。

鄭文風移開了手掌，露出迷人的笑容，悄悄地在她的耳邊輕語：「可以了，妳看。」

杜小花望著眼前如星空般壯闊的螢光，點點流螢正從兩人的四周經過，她簡直看傻了眼，隨後笑得燦爛：「好漂亮喔。」

但是在一旁彷彿是幽魂的杜小花，蕭然又冷澈的月光照映在她的身上，她看著這一切，不知不覺早已泣不成聲，她望著眼前的男人，她的胸口就會突然一緊，內心深處有種道不明的酸楚，與過往記憶裡的滿臉幸福的杜小花形成強烈的對比。

鄭文風雙手搭在杜小花的腰上，摟著她深情凝視著她，兩人的鼻尖靠得很近，她甚至可以感受到屬於他的一絲氣味，他溫柔又慎重的語調說道：「學妹，我喜歡妳。」

此時在鄭文風懷裡的杜小花臉上一陣熱，眼神雖閃著光芒但是只傻傻地盯著他看，此時她可以感覺到她自己的心跳聲。

鄭文風從擁抱的觸感中，感受到她的身子正微微顫抖，他望著懷裡抱著的人，全身散發著一種緊張感，他輕輕一笑，姿態一派從容卻帶著些許貪戀，緩緩地放開她，用極盡溫柔的口氣輕聲說道：「當我的女友好嗎？我會等妳的答案。」

而一旁幽魂般的杜小花，望著眼前這個深情告白的男人，那一瞬間……腦袋閃回幾段畫面。

那是說喜歡她的學長，正摟著別的女人做不可描述之事的畫面。

還有讓她心碎的那一句輕蔑：「杜小花？我才不會喜歡那種貨色。」

久久在她的腦海裡難以忘懷。

幽魂的杜小花歇斯底里般對著鄭文風大吼大叫：「騙子！你這個騙子！不是說喜歡我？不是

說要等我的答案？為什麼一轉身就和別的女人親熱？為什麼？」她臉上佈滿淚痕，甚至伸出手想把眼前的兩人拉開，但沒有什麼用，她完全碰不到他們。

她像洩了氣的皮球癱坐在地上，看著眼前一臉幸福的兩人，不禁露出了一抹冷笑。

她看眼前長情又溫柔的鄭文風……她很難想像……和教室裡那個肆意發洩慾望的人，是同一個人……

她甚至還有種錯覺，鄭文風有兩個人，眼前這個才是她喜歡的那個人。

她眼角餘光冷冷看著眼前的杜小花，她明白她此時此刻的心情，因為那是她的回憶。

曾經的她望著眼前如此深情的人，浪漫又獨一無二的場景，溫柔到令人淪陷的嗓音，被他擁入懷中感受著從厚實胸膛流出的溫度，聽著兩人紛亂的心跳聲，緊緊地抓著對某個人有過心動的一瞬間。

但只要一個畫面，一個女人，一切都沉入深不見底的黑暗中……

此刻眼前的場景開始分解，如煙霧般漸漸散去，又回到最一開始的虛無。

杜小花抱頭痛哭，在這個虛無空間裡她可以隨意大聲哭泣，爾後她才突然想到什麼……

等等……我記得剛剛……我去了停車場騎著摩托車出了校門，然後呢？

杜小花越是思考著這個問題，她的頭就越痛，開始出現耳鳴和充滿壓抑感的胸悶，她忍受著所有生理上的不舒服……

那然後呢？我怎麼了？

不管如何努力思考，腦海中只有一個畫面，那是一個T字路口。

她認得那個T字路口，那是從學校到宿舍的必經之路，但她還是想不起來在那之後呢？是回到了宿舍？還是……？

杜小花眼看身旁的蝴蝶一隻又一隻的消失，而那隻不知名的美麗蝴蝶，依舊散發著耀眼的藍色螢光，依依不捨般在她面前停滯不前，好像憐憫地看著她，直到最後連牠也消失了。

虛無的空間像是被打破一樣，停滯的時間開始向前走，停在半空中的雨滴開始往下墜，淅淅瀝瀝的雨聲吸引了杜小花的注意。

她定睛一看，四周終於有了色彩，慢慢浮現出熟悉的場景，在朦朧的雨景之中，她認出這裡是正是記憶中的那個T字路口。

我怎麼在這裡？

杜小花正倍感疑惑之際，磅礡大雨匯集成不小的水流從她周圍流過，她眼角餘光掃過，看到水流裡混雜著明顯的血絲，血跡順著雨水蔓延了整個路面。

血？好多血？

杜小花感到腦袋一片空白，不祥的預感襲上心頭，帶著忐忑不安的心情緩緩轉過身……

那是她自己，臉色蒼白且雙眼緊閉，正一動也不動躺在路旁。

現場一片狼藉，路面散落著大大小小的機車碎片，還有被撞得亂七八糟的摩托車靜靜停駐在一旁。

杜小花走向前想去摸摸躺在地上的人，明明手已經貼近臉頰的部分，卻沒有感受到任何溫度而是直接穿了過去，她仔細看著自己的手，才發現她全身是微微透明的。

她帶著震驚的神情不停地反問自己：「難道我死了嗎？死了嗎？」

這時她才發現……大雨是直接穿過她的身體，她沒有任何感覺，也沒有衣物被浸溼的感覺。

我不要……我不要！我不要死！

杜小花向灰濛濛的廣大天空哭喊，但不管怎麼哭喊都沒有任何回應。

不行……再不送醫院，就真的會死了。

她四周尋找著人影，但是除了建築物和雨水沒有什麼人經過。

該死的連假！大家都回家了，她在心裡暗自咒罵。

她試圖拿起掉落在地上的手機，想要替自己撥打救護車，無奈不管試了幾次，手都會穿過手機根本觸碰不到，這結果讓她無力跌坐在地上。

此時她想到了距離這裡不到幾公里的地方，那沒人的教室如今正一片春光，而她的人生卻要結束了，內心深處那股黑暗又黏稠的暗流正不停翻滾。

為什麼？為什麼是我？為什麼學長要這樣對我？我到底做錯了什麼？

不能原諒！

我做鬼都不會原諒他！

杜小花的恨意化為一條條黑色的繃帶，從頭到腳包的緊實，不露出眼睛和任何五官，但繃帶

彷彿是烙印上去的，分分鐘燙著她的皮膚，頭上緩緩鑽出鋒利的黑色牛角，也是帶著巨大的痛苦，但她卻無法控制內心不斷湧出的濃烈怨恨，這些變化似乎以她的痛苦為糧食，越痛苦變化就越劇烈。眼看黑色繃帶越變越多，伴隨著常人所不能忍的痛苦，這些激烈的變化讓她不停地大聲尖叫，喊得撕心裂肺。

我想……我會變成一個怪物吧？

她的眼淚浸溼了眼睛周圍的繃帶，隨後隨著巨大的一股黑色洪流包覆，完成最終的變化。

西元二〇二二年夏，今日是個非常晴朗的日子，有位男子梳著俐落的油頭，配上俊美又深邃的五官，穿著舊式剪裁但不失典雅的西裝，身上有著古龍水的淡淡清香，整體明顯看得出是民國初年的風格打扮，在這人來人往的鬧區不免顯得奇裝異服，但該男子的容顏與獨特的氣質使得路過的行人，紛紛回頭盼望皆忘了不合理之處。

他抬頭看著天空，藍得像湖水一樣清澄，沒有一絲雲彩，隨輕聲地呢喃：「農曆五月五日，黃道吉日。」

他的額頭不由得冒出些許汗珠，拉了拉領帶，原本俊美的面容變得冷若冰霜，斂容屏氣，朝最大最知名的電影院——華娜崴秀走去，戰戰兢兢地在櫃台買了票，選了目前看板上主打的電影

為《哥吉拉——怪物之王》，等系列怪獸電影。

他點了服務生推薦的電影套餐，壓抑著內心的好奇與興奮，正襟危坐看著電影，周圍的人乃至服務生都被他的氣場所震懾，那一瞬間都懷疑是不是哪家公司的高層或華娜崴秀的董事跑來看電影。

等他看完電影已是月上柳梢的黃昏時刻，他還有些許意猶未盡，才剛踏出電影院，突現一個人影從他身邊閃過急沖沖地說道：「大王，請趕快回地府，還有很多死者等著你審判，你已經偷跑翹班外出三小時了。」該人影用拱手行禮，頭戴黑色烏紗帽，全身穿著亮眼的紅袍出現在鬧區很是突兀。

「大膽!本王是在勘查人間，何謂偷跑一說？」閻王輕挑眉尾做出拂袖的動作，單手叉腰，語氣露出些微不悅，低沉嗓音有著些許的威嚴。

「大王，微臣不敢。」那人影被閻王眼光掃過，立馬恭恭敬敬地跪地，連大氣都不敢喘一口，但低垂的面容很是不卑不亢。

此時已有幾位好奇的行人正看著兩人，那畫面就是一個古裝清秀小哥，對著一個民國西裝俊美男子下跪，因那人穿著古時紅色官袍，跪在百貨公司林立的鬧區，讓經過的行人皆是滿臉問號，同時對兩人的顏值驚嘆不已。

閻王輕聲一嘆，大手一揮：「罷了。」隨手拿出剛剛在電影院吃剩的東西，帶著些許的好奇詢問道：「展判官，你可知此是何物？」

「回大王，此物為爆米花。是用玉米做成的，是人間常見的零嘴，通常會配上可樂在看電影的時候吃，目前套餐特價優惠還有打八折。」展判官答應道。

「可樂？」閻王一臉疑惑。

而後他想到了……難不成是那個黑色的水嗎？

原本他以為那個有毒，所以一臉嫌棄地向電影院的店小二表達堅決不要。

現在想想反正他也不是凡人，試試又何妨？

閻王想通豁然開朗之後，轉身又想走回電影院點一杯來試試，展判官見狀一聲嘀咕「不妙」，一個箭步又擋在了閻王的面前，鄭重其事作揖行禮道：「大王，真的不能在人間久留了。」

閻王細想剛剛兩人的問答，隨後目光冷冽看向展判官，語氣極冷地說道：「展判官，你對人間之事甚是知曉。」

心想這個判官真是該死，連打幾折都知道，鐵定來人間很多次了。

「微臣愚昧，略懂而已。」展判官正擋在電影院的門口，守著死死的不讓閻王走進去。

閻王無奈搖了搖頭，懶懶擺手道：「回地府吧。」一轉身，他和展判官都感受到遠方飄來強烈的不祥之氣。

平凡人都不會感受到和看到，但他們倆人看得非常清楚，不遠處的天空有烏雲盤旋，就像黑色的龍捲風一直在那邊打轉一樣。

「大王，沒想到人間還有此妖物，區區小妖，微臣來處理就好了。」展判官騰空就從腰間拿出了佩劍。

閻王思索了半刻，淡淡地說道：「非妖，此乃怨靈。」瀟灑地脫了西裝外套，瞬間化為古裝的樣貌，面容依舊是那樣俊美，頭髻金簪冠，烏黑亮麗的長髮流淌其身，一身瑰麗素玄色長袍，氣宇軒昂。

此時他們二人都好像是消失了一樣，身旁的行人都看不見他們的人，爾後閻王吹了一聲口哨，一匹威武雄壯的黑馬憑空奔跑而出，而閻王動作熟練上馬駕馬一氣呵成。

「果然大王還是最適合這身模樣。」展判官笑道，隨後也叫出了他的愛駒。

兩人駕馬奔騰朝不祥之地出發，由於是閻王和判官的佩馬，其奔跑速度非常飛快，據傳這兩匹馬生前皆為汗血寶馬，就可一日千里，如今死後為地府服務，更是跑得比跑車還要快。

不一會兒，兩人就到達目的地，等待他們的是一種不祥的怪物，全身漆黑沒有任何五官，頭長巨大的牛角，身軀長出如蝴蝶一般的翅膀，從外型上勉強還算是人型，好像在苦苦掙扎著。那怪物長而銳利的利爪正狠狠地刮向自己，即便刮出一道道血痕，還是沒有要停手的意思，瘋狂地刮。

「大王，這是……」展判官看得是十分訝異。

此物的確不是妖物，但要說是怨靈又未免……過於強大。

閻王仔細端詳四周，發現了血泊中躺了一名女子，他不急不忙地點了她的額頭，了解事情大概的前因後果，也明白這怪物就是該女子幻化的，但是他目光炯炯打量著怪物。

這分明是神祇墮落成魔的過程……但是區區一個人類怎麼會成魔？

還不等閻王思考清楚，怪物的翅膀已長出複眼，就像人類的眼珠一樣，正轉啊轉看著他們，下一秒便張牙舞爪地朝他們飛來，眼看正要攻擊閻王的時候。

展判官立馬反應過來拔刀擋在了閻王的面前，劍身閃耀著綠色光芒，但抵擋怪物的利爪卻十分吃力，一邊抵擋幾招一邊口氣急促詢問：「這到底是什麼？微臣的湛盧劍居然無法逼退……」

「無論是何物，恨之切，怨之深，好個長情之人。」閻王對眼前的怪物有一絲敬意，準確來說是裡面的人。

怪物還在不斷地變化，這次從漆黑的面容裂出一道佈滿尖牙的血盆大嘴，此番景象讓展判官心生畏懼，那一秒的遲疑被怪物鑽了空檔，利爪一揮便把展判官擊退到一旁使他跌落在地，湛盧劍也從他的手中飛落，插在側邊的空地上。

怪物發出嗷嗷的悲鳴，用嘶啞的聲音緩緩地說：「我……要……殺……光……所有的……男人……」接著露出了駭人的微笑，爾後怪物就朝閻王襲來。

而展判官在一旁還要拿取湛盧劍，根本來不及幫閻王抵擋，便高喊一聲：「大王！」

只見閻王不慌不忙站在原地，神情自若冷冷地說：「放肆！」彈了個響指，怪物就像被一道強大的靈壓給擊飛，動彈不得。

勝負就在那一瞬間就定案，怪物已經變得異常虛弱，讓展判官目瞪口呆忍不住垂首低喃：「早知道就給大王自己處理就好了……」

閻王緩緩走向怪物的面前，望向牠的眸光平靜，而怪物翅膀上的眼珠，從深不見底的瞳孔中，似乎是在和他說救救我，良久他才神情嚴肅低沉說道：「本王會盡力。」

從剛剛展判官和怪物交手之中，他確定了一件事。

不論這女子是為了什麼而變成這樣的田地……

她絕對不是普通的人類。

一名女子慵懶伏臥在窗邊，眉清目秀的小臉略施粉黛，額上貼了一朵淡雅的梅花瓣，耳上的透明水晶耳墜搖曳生光，髻邊插了一支色澤通透的玉簪，如漆的烏髮隨她的身段飄逸，一襲雪白的素衣裙，雖不是國色天香至傾國傾城的容顏，但也絕非僅是小家碧玉，反而多了分淡泊沉靜。

窗外正下著鵝毛般的細細白雪，僅有一株紅梅一枝獨秀，散發出的清香縈縈繞繞若有似無，花瓣上沾許點點雪花映著黃花蕊，有傲霜凌雪的姿態。

杜小花被眼前的景象嚇傻了眼，緊張地吞了吞口水，良久才緩緩吐出：「那個……不好意思，請問這裡是哪裡？」

從她出事以來，她好像就一直在各處穿梭。

女子轉過頭瞥了她一眼，莞爾道：「這裡哪裡也不是，嚴格來說在妳的心裡。」

但杜小花完全聽不懂她的意思，便試圖改問：「那妳是誰……？在這裡幹嘛？」

女子見狀緩緩地說道：「我誰也不是，是妳也不是妳。」隨後手指了指窗外的梅花，微微一笑，「我在賞花。」

四周寂靜異常，風吹落枝上積雪的簌簌輕聲卻過份清晰，沒人捨得打擾這份歲月靜好，女子卻遂先出聲帶著些許堅定的語氣：「放心，我是不會讓妳死的。」

這讓杜小花開心的回答：「真的？」

心想雖然聽不懂她說的話，但是總覺得有種很強烈的熟悉感。

「就當作妳讓我這一縷清魂躲在這的答謝。」女子點了點頭，笑意更濃。

杜小花一時激動地握著女子的手，眼神深切地詢問：「妳叫什麼名字？」

過了片刻女子才答道：「小七。」

「這麼巧啊？我叫小花，妳叫小七。」杜小花笑得燦爛。

她有預感可以和小七成為很好的朋友。

「妳該離開了。」小七指著不知何時出現的門口。

杜小花疑惑看著憑空生出的，類似古代的木製雕花紙門，不過她也不知道她是怎麼來到這邊的，正要推開紙門的時候，她突然有點捨不得問道：「小七，我還可以見到妳嗎？」

「我一直都在這裡。」小七說道。

聽聞，杜小花才放心地拉開紙門，當拉開一點的時候，一道強光從門縫照耀整個房間，令人一度睜不開眼來，小七望著逐漸被強光吞噬的杜小花身影，不由得在默默祝禱：願妳能得一心人，共渡餘生。隨後低頭垂眸，美麗的瞳孔中有道不盡的黯淡，幽幽地低語：「別和我一樣……」

天地人三界自亙古以來就流傳著幾件寶物，分別為長生丹、青蓮玉扇、辟邪株仙劍、崑崙琴、藍靈珠等物，謠傳只要擁有這些神器便可一統三界，可惜這些神器有自己的意識會挑選主人，只要沒有合適之人出現便會躲藏於三界生生世世。目前只有長生丹的下落是眾神祇皆知，那便是在西王母娘娘手中，其他皆都下落不明，連具體落在哪一界都沒神、沒魔、沒人知曉。

此時天地間似乎在微微震盪，不久就打起響雷，原本雨過天晴的藍天又染上灰濛濛的顏色，這些異象以閻王為中心點，從四周颳起的狂風吹著樹葉，發出巨大窸窸窣窣的聲響，他的髮絲也連同玄色長袍一起被吹得一陣紛亂，他屏氣凝神將他的內力往胸口處聚集，形成不小的靈壓，連身為地府判官之首的展判官都不能靠近半步，好像只要他靠近幾步就會灰飛煙滅一般。

片刻，閻王像似用盡全力在胸口處聚精會神，他本不露形色也微微蹙起眉頭，從他的身上漸

漸飄散著如墨般的黑煙，如煙裊裊隨後卻風起雲湧，全都匯集胸口處，直到黑煙逐漸聚集幻化成一把玉摺扇，扇柄上面有精細的蓮花雕玉花樣，淡綠般的玉色，可以看出其玉質通透水潤，扇身則是描繪地獄場景的山水墨畫。

閻王斂容屏氣又眉頭緊鎖，其姿態翩翩拿起玉摺扇走到怪物近處，用低沉的嗓音低語道：「一扇祛穢，二扇祛邪魔，三扇祛罣礙心。」而後俐落將扇子收好，手一放，玉摺扇便又騰空消失無影無蹤。

在旁人看來閻王只是將扇子在怪物面前扇了三下而已，但每扇一下怪物的型態便逐漸恢復人類的樣貌，等到第三下的時候，杜小花已恢復到完好無初像在靜靜沉睡一樣。

「那個就是青蓮玉扇嗎？果然，大王貴為統領地府四海八荒，有一兩樣神器也是正常的。」展判官相當恭敬說道。

青蓮玉扇為上古神器自開天闢地以來便存在，不知起源、不知用法、不知世代更迭過幾代主人，但可以確定不是一般的神祇、妖魔、人類可以擁有，就這樣某日輾轉來到閻王的手上。

至於是怎麼來的……全地府大概只有身為閻王的左右手——展判官知道

展判官每每想到這點總是相當得意。

但他也沒想到居然是——

轉蛋來的。

而且是閻王翹班偷跑去人間轉到的，那時人間的科技突然快速的起飛，閻王看什麼都非常新

奇，雖然臉上的表情永遠是嚴肅又不苟言笑。

有誰會想到……上古神器在轉蛋機裡面，難怪三界永遠都找不到。

這上古神器也未免太隨性了。

但閻王卻腳步一個蹌踉，展判官立馬眼疾手快地上前攙扶，閻王臉上的汗珠滑過深邃的五官，依舊保持威嚴的姿態低語道：「無礙，扶本王回地府歇著。」

此情此景讓展判官心想……恐怕青蓮玉扇沒有那麼好控制，非常消耗內力。

他從未看到過這樣的閻王，一向都是一派輕鬆地解決所有事。

隨即便露出擔心的神情詢問道：「大王，為何要做到如此田地？直接滅了她不是比較快？她只是一介凡人，值得這樣做嗎？」

若是普通的神祇使用，幾百年的道行都不夠神器耗損。

閻王只是淡淡睇著展判官，「罷了。」他揮揮手，眼角餘光冷冷瞥過杜小花。

望著那求救的目光，讓他於心不忍滅了她。

「好吧……那微臣就聯絡黑白無常來現場處理好了。」語畢，展判官從長袍的袖口拿出最新型號的i-phone，開始滑起手機，那燙金的蘋果logo圖案在閻王的眼中格外刺眼。

閻王強壓著心中的怒氣，一把甩開展判官攙扶著他的手，冷冷的語氣藏不住一絲絲不悅：「本王自行回去。」

可惡，這些新奇的玩意就他一個人不知道。

總有一天，他一定要好好肅清所有獄卒，徹查地府有多少來自人間之物。

「大王，等等阿……」展判官在閻王的背後追著跑，還不忘高舉手機喊道：「大王是想問此物嗎？這是智慧型手機，沒有按鍵可以滑來滑去，能通信能上網還能打遊戲……」

閻王轉身指著展判官怒道：「住口！」

而杜小花則是在他們的後方，一臉狐疑地看著兩人，從他們在爭論智慧型手機的時候，她就恢復意識了。

雖然此刻她頭痛欲裂，整個人都昏昏沉沉但是她是明白的，她差點變成怪物在人間徘徊，是那個身穿黑色古裝長袍的長髮男子救了她，讓她還保有人類的樣子……

她望著那個古裝長袍男子的背影直到消失。

她由衷的感謝他，同時有些許的感嘆。

如果有來生能碰見的話，她希望能喜歡上這樣子的人，不要再喜歡學長了。

杜小花輕輕嘆道：「真可惜，沒看清楚他的臉，但我猜一定是帥哥。」她起身往躺在血泊中的自己呆看許久，眼淚不知不覺滑落滴入血泊中暈染開來，「過這麼久……我、我……應該……死了吧？」語帶哽咽。

遠方傳來宏亮的警笛聲打斷了杜小花的思緒，一輛類似法拉利的跑車正往這邊開來，雖然流線型類似跑車的車身，卻是警車的配色黑、白、紅，車頂還裝有藍紅兩色的警燈，大概就是高檔配置的警車了吧。

而後從車上下來了兩個人，皆穿著剪裁貼身又不失專業感的警官制服，設計都一模一樣只差在衣服的顏色，一黑一白。

「妳是小花小姐嗎？」長髮男子穿著白色警官制服，手臂的位置別著臂套寫著『一見生財』，語氣溫柔說道。

杜小花望著眼前的人看得入迷，雖為男子但卻比女人貌美，整個就像端莊賢淑的大家閨秀。接著長髮男子從口袋裡拿出有著精美刺繡的手帕，用手帕輕輕拭去她臉上的眼淚，銀鈴般的聲音輕聲道：「女孩子可不能失了儀態，哭喪著臉可不好看。」

「欸，女人妳怎麼死的？」在一旁的短髮男子穿著黑色警制服，手臂上臂套則是『天下太平』，但口氣卻非常不客氣又不耐煩地說道。

短髮男子臉孔黝黑，五官深邃，整個散發著剽悍的氣息，與穿著白色警官制服的長髮男子大不相同。

杜小花一看就明白了，這就是傳聞中的黑白無常吧？

原來是長這樣子阿……

「欸？回答阿！妳難道不知道妳怎麼死的嗎？」短髮男子一問不到答案，便開始咄咄逼人。

但杜小花始終雙唇緊閉，不願吐出一個字。

長髮男子見狀便開始打圓場，莞爾道：「小花小姐，容許我現在自我介紹一下，我是白無常——謝玉安，在旁邊的那個兇神惡煞是黑無常——范無咎。」

謝玉安看著杜小花露出迷人又溫柔的笑容，就像一個漂亮的大姊姊一般，親切感十足，輕聲道：「妳可以和我說說，發生了什麼事嗎？」

「嘖，鬼差又不是服務業，搞什麼？」范無咎一臉不可置信，別過頭開始拍照記錄現場。

一直以來他都對謝玉安工作時用『陪笑』的方式，安撫亡者好讓他們跟著他們乖乖去地府，感到不以為然。

他都是崇尚先扣上腳鐐、手銬，然後用鎖鏈五花大綁抬進車廂，直接這樣子去地府。

「呃……我、我出車禍……」杜小花緩緩地說出這幾個字，眼角餘光瞥過血泊中的那個自己。

不曉得是不是因為那個黑色古裝男子，救了她的關係……

她漸漸可以接受「死亡」這個結果。

「這樣啊……一定很不好受吧。」謝玉安本就身材高挑，為了直視著杜小花的眼睛微微彎腰，柔聲道。隨後輕輕地摸了摸她的頭，「我相信妳已經很勇敢了。」

「勇敢個屁！剛剛不是才變成妖魔大鬧一場，還驚動大王出面制伏。」范無咎自從接到消息之後，壓根沒有把杜小花當弱女子看待，現在他還比較擔心謝玉安的安危。

而在一旁的杜小花聽聞，內心微微一怔，心想原來那男子是……閻王……嗎？

「無咎……你別這樣的口氣了，好歹小花小姐也是我們的客人。」謝玉安回道。

客人？我是客人？

「玉兒，她可不是一般的亡者，可是魔化過的阿？誰知道會不會第二次魔化？」范無咎口氣

變得輕柔卻帶著些微的焦慮。

玉兒？黑無常喚白無常……玉兒？

我都聽到些什麼？

杜小花看著眼前的事態發展似乎越來越微妙，到後面她只是單純好奇黑白無常的關係而已。

「嗯……」謝玉安抿著唇，細細思考著范無咎說過的話，的確是有第二次魔化的可能，並思考著有無暫時性的解決方案，便向杜小花問道：「小花小姐，妳還記得妳魔化的原因嗎？」

杜小花的胸口感到陣陣沉悶，每提一次便又要回想一次撕心裂肺的體驗。

她怎麼會不記得？

倒不如說太過鮮明的記憶，就像一雙看不見的手，緊緊地掐著她的心臟，等她疼了、痛了也始終不曾放手，直到碎成一片片的雪花。

最終只剩她一人在雪地裡徒留悲傷。

許久，杜小花還是語帶顫抖緩緩地吐出：「學、學長……」眼眶似乎有淚在打轉，但是她在努力不讓淚流落。

黑白無常見聞此景皆陷入短暫的沉默，而後謝玉安像似想到什麼一樣，說道：「小花小姐，妳願意和我們去地府嗎？去找一個人……相信我，妳會感覺好一點的。」

「哼，我們本來的任務，就是勾死者的魂魄去地府，不是來搞輔導的。」范無咎開始發動警用跑車，他不耐煩地示意大家上車。

「嗯。」杜小花看著謝玉安點了點頭，便跟著他們上車，她從車子的後面車窗看著血泊的自己，眼神中帶著依依不捨，直到看不到人間的任何景物。

啊……好可惜，就這樣死了，我還有很多事沒有做……

再見了——

不曉得地府長什麼樣子？

# 第二章　伊人駕馬乘風踏花而來

恰似警車的跑車正快速奔馳，很快來到一個伸手不見五指，漆黑又巨大的隧道洞口前，洞口上方有著巨大的匾額，用墨跡寫著『鬼門關』三字，只見開車的黑無常拿起類似悠遊卡的東西，往電子設備一刷，隨後機器發出嗶的一聲，眾人才通行，很像上高速公路過收費站的感覺，過了長達五分鐘才終於出了隧道，卻來到不一樣的世界。

待黑白無常在停車場的地方停好車，杜小花怯生生地與他們一同下了車，那是一個四處都飄著鵝毛般白雪的白色世界，所到之處皆只看得到白色，她緩緩伸出手接著落下的雪花，仔細看有著六角形漂亮的晶體結構，似雪又不是雪的雪花簌簌飄落。

「這裡就是地府嗎？」杜小花不禁地提問。

遠遠看可以前方有座山，白雪皚皚，一山一地皆銀裝素裹。

這裡比她想的還要平靜……有點像她遇到小七的那種景色。

如果……這是她死後即將定居的地方，好像也不差。

「不是喔……從現在開始，小花小姐要和我們一起走過黃泉路，前方是金雞惡狗嶺之後經過

忘途川，到奈何橋找孟娘……」謝玉安回答道，思索著要到達閻王殿進行審判，還要很長的一段路啊。

「不開車過去嗎？」杜小花看著前方的道路很寬闊，要容納幾輛車是沒問題的，發出提問。

三人的腳下有一條由足跡自然形成的道路，那路上並無過多的積雪，直通眼前的高山，目測距離可能說遠不遠，說近也不近。

「妳這蠢貨！當然不行，審判已經開始了。」范無咎目光炯炯看著杜小花，手裡還拿著皮鞭。

那皮鞭還沾有陣陣血跡，看來是沒有少用。

因為謝玉安溫柔的態度，都讓杜小花一度忘了他們倆是鬼差。

三人沿著道路行走，一路上連一顆樹都沒有，好似銀白色的廣大沙漠，杜小花很快發現雖是飄著雪，但絲毫不感覺寒冷，反而氣溫宜人似秋高氣爽的秋天，很快眾人來到前方高山登山處的地方。

來到了此處才有看到茂密的樹林，只是這些樹都異常高大挺拔直通天際般，枝枒都被覆蓋著新生的白雪，杜小花伸出手想去碰樹枝上的葉子，指頭卻被劃開一道小小的口子，陣陣刺痛滲出鮮血，等枝葉上積雪散落之後，她才看到這些樹枝和葉子都由密密麻麻的細針所組成。

「小花小姐……此處可是劍樹刀山之一，最好不要脫離道路的範圍喔。」謝玉安幫她做了簡單的處理貼了OK繃。

「喔……」杜小花隨後在階梯處發現旁有一塊石板，上面寫著『金雞惡狗嶺』，她先是小心

翼翼地踏上階梯，不知道等一下會跑出什麼，等一路上都非常順利，才興奮地踏上一階又一階。

這邊的白雪似乎凍得不太嚴實，杜小花每踏一步階梯，雪地便會發出輕微的沙沙聲，山上一片靜寂，只剩下眾人踏雪而行的腳步聲。三人好像不覺得累一般，爬了再多階梯都不費任何體力，很快就來到山頂處。

杜小花站在登高處朝來時路眺望，那是一片廣大的白雪世界，就像來到不會冷的北極或南極，在溫暖的陽光照耀下皆是銀白色，然後她看向另一邊的時候卻看傻了眼。

原來山的另一邊便是地府的全貌，那是夜晚的景色，晚霞的深處如同沾染墨汁般透著黑意，襯托著繁星點點。而她正上方的天空剛好是兩處的過渡區，大概是黃昏接近夜晚的天空，則是夢幻橙色與紫色交錯的流霞。

她看到下山處有條河流，還有小橋，而遠遠看去彷彿有座偌大的城市，各處燈火輝煌如同不夜之城，而遠在天邊有座高聳的建築物，非常高大且古色古風的皇城若隱若現，屋簷冒出的紅色光點與城內燈火，照映得整個城市煌煌如在夢中的世界。

「好漂亮喔……」杜小花忍不住發出讚嘆。

一座山分割了黑白，白天與夜晚兩塊大地。

「也只有妳這亡者會覺得漂亮，大部分的亡者都是連滾帶爬，帶著淒厲的尖叫聲走完這一程。」范無咎露出了皮笑肉不笑的笑容。

「什麼意思？啊……對了，這座山不是叫金雞惡狗嶺嗎？但是一路上都沒看到雞啊、狗啊，

就滿普通的一座山。」杜小花發了提問。

「開什麼玩笑？這是讓不少亡者流淚，地府中央山脈的群山之一。」范無咎緩緩從口袋裡拿出一個銀色普通搖鈴，露出邪惡的微笑，「想看看嗎？」

「嗯嗯。」杜小花好奇地點點了頭。

范無咎便高舉著搖鈴並搖動起來，但沒想到它的聲響卻響徹大地，四周的景色都慢慢產生了變化，另一側明亮的白天慢慢染上鮮豔的血色，大地冒出陣陣火舌，最先引起人注意的則是，從耳邊不斷響起的尖叫聲、求救聲、哭聲，從四面八方傳來，淒淒慘慘。

杜小花才發覺四周早已是血光一片，地上血流成河，而一群群惡狗目光兇惡，吠聲凶狠又滿嘴利牙，毫不留情朝亡者撕咬，有的被咬斷手，有的是咬斷腳，而來時路盡是連滾帶爬的亡者和散落一地的殘缺四肢。地面如此兇殘，天空中也不遑多讓，有全身金光閃閃的金雞盤旋在天空，鋼鐵生成的雞喙正在肆意叼走亡者的眼睛，銳利的爪子從亡者挖出五臟六腑。

不管亡者怎麼求情，怎麼認罪，怎麼贖生前的罪，爾等殘暴的生物依舊不會放過任何一個亡者，然而這些金雞和惡狗都自動忽略了杜小花。

杜小花則是嚇到跌坐在了地上，眼角泛著淚，往另一邊的毫無變化的平靜夜晚，也不自覺發出呢喃……

「啊……好想趕快去那邊啊，真不愧是金雞惡狗嶺……

對不起，我小看此山了。」

「怎麼樣？這裡可是陰曹地府喔？」范無咎非常得意地說道。

而後謝玉安輕喚：「無咎，好了。別再嚇小花小姐了。」

然而當范無咎停止搖動搖鈴之後，四周又重新被白雪吞噬，金雞、惡犬、亡者等等漸漸消失，就連地上的血跡都回歸至無暇的白色。

「這、這是怎麼回事？」杜小花還沒從剛剛的驚嚇緩過氣來，嚇人的畫面濃厚的血腥味一瞬間都一股腦兒襲來，心臟還在紛亂跳動，腎上腺素還在分泌，手上還在盜汗，就在喘不過氣的時候，這一切又突然在眼前消失了……

「小花小姐，妳還好嗎？」謝玉安露出微微擔憂之神色，伸出手將跌坐在地上的杜小花給扶起來，語氣溫柔道：「這一帶白天的區域叫黃泉，會隨著亡者生前的罪行進行改變，罪刑越小的，這一黃泉路越沒有什麼東西，妳剛剛看到的……是一些小罪小惡之人所行走的黃泉路。」

「這還是小罪小惡啊……具體是犯了什麼罪？」杜小花反問。

「我想想喔，好像是殺生之罪？就是虐殺一些動物的罪，另外這邊的惡犬很會計仇，所以吃狗、害狗、虐狗之人來這也是受到處罰。」謝玉安淡淡地回答道。

「另外學校的養的金魚、兔子、蠶寶寶都算。」范無咎笑的一派輕鬆補充道。

「這也太嚴重了吧！」杜小花心有餘悸。

並且在心裡默念著……我生前看到狗狗都很友善，希望這邊的惡犬別咬我。

「這一段路是沒有獄卒行刑的，受這麼一段路然後就可以審判進入輪迴，已經很便宜這些亡

者了，那些有獄卒行刑的地獄比這裡還要痛苦千倍萬倍，比起來這裡的確是小罪小惡之人。」范無咎非常不以為意說道，隨後又露出一絲奸笑對著杜小花說道：「不曉得，妳那個學長走黃泉路會變怎樣？這樣吧……等到他時辰到，老子親自帶他走這一段路。」

「真是好主意呢。」謝玉安雙手合十表示贊同，眼神瞥過杜小花露出微微一笑，「小花小姐走一段黃泉路都沒什麼東西，表示是個好人。」

「哼，真無趣。」范無咎本來非常期待，到底魔化過的亡者走過黃泉，會有什麼驚天動地的異象，例如金雞或惡犬的大BOSS會出山之類的，當鬼差這麼久還沒看過這一帶的兩位主人。

「呵、呵呵……」杜小花只能呵呵笑，好在今天是別人對不起她，而不是她對不起別人。

不過此時謝玉安望著四周一片的純白忍不住心想……

即便是良善之人，小花小姐的黃泉路實在是太過於乾淨了。

正常的情況，也會有不會攻擊人的金雞和惡狗，看著我們離去，但是小花小姐的路上什麼生物都沒有。

就好像是仙人過黃泉路的感覺……

「玉兒、玉兒，在想什麼？走了，還要朝忘途川趕路呢。」范無咎對於杜小花被嚇破膽的反應感到相當滿意，便溫柔喚著謝玉安趕緊下山趕路。

眾人下山的速度相當快，越靠近平地積雪就越少，不知不覺到達出口時，眼前的景色還是夜晚樣貌，還有一大片蘆葦隨風搖曳，白色的細小蘆葦花漫天飛舞，仔細聽還可以聽到些微的嘩嘩

流水聲。杜小花跟著黑白無常走在漫長的道路，向前前行，手撥弄著路旁的一大片蘆葦，在夜晚當背景之下，才能發現閃耀著綠光的點點流螢。

「這裡……應該不會有變化吧？」杜小花像是突然想到什麼提問，剛剛的畫面她才不要再體驗第二次。

「小花小姐真是嚇壞了呢……這邊已經是地府範疇，等等我們會到忘途川，喝下孟娘湯，過奈何橋後入酆都城稍作休息，等待唱名進閻王殿進行最終審判。」謝玉安將亡者來到陰間的路途稍作解釋。

「快點！跟上！前面已經看得到忘途川了。」范無咎在前方忍不住吆喝道。

杜小花穿過一片蘆葦之後，慢慢走到岸邊，一陣清爽的涼意撲面而來，輕盈的河水正流水潺潺，天上的月亮倒映在清澈的河面，微風吹拂起了層層漣漪，波光粼粼，就像一條漂亮的銀色絲綢環繞在地府裡流淌。

她還來不及驚嘆這川流的美麗，便快步跟上黑白無常的腳步，朝一座木製小橋走去。

三人來到橋的橋頭處，那邊立著一道木碑上面寫著『奈何橋』，附近有個涼亭，不同於地府靜謐的夜色，這涼亭顯得十分華麗，金黃豔紅兩色雕樑畫棟，金碧輝煌。

在涼亭裡坐了一位絕世美人，傾國傾城的容顏，一身穿著桃紅色緞服，滿頭華麗的珠翠，身姿妖嬈誘人，月光傾倒在她身上盡顯迷人。

「好久不見了，孟娘。」謝玉安恭敬地向涼亭內的人請安。

「喲，這不是玉安和無咎嗎？怎麼，想好要來妾身這喝上一碗，好去投胎嗎？」孟娘姿態風情萬種，口氣妖嬈又動人，隨後孟娘纖長的指尖滑過謝玉安的臉，打趣道：「這張小臉可是越發標緻了，若為女子……不曉得要迷倒多少男人？」

「孟娘，今日是要請妳幫忙，身旁這位亡者名為杜小花，因為怨念太深而魔化，然而魔化後成的魔物之強，連展判官都打不過，最後是驚動大王出面才平息。」范無咎把謝玉安往自己的背後拉，自己擋在前向孟娘請安。

「什麼？還驚動閻王？那、那閻王有怎樣嗎？妾身等等就去閻王殿那跪安。」孟娘一臉的擔憂，她女人家的心思盡寫在臉上。

心想哎呀，這可是天大的好機會……

就去閻王殿跪安假借探視，實則近水樓台先得月，若他傷得不輕，可以藉機爬上龍床那就太好了。

嘻嘻嘻嘻嘻嘻。

「回孟娘，大王沒有事，現在應該是歇下了。」謝玉安回答道。

杜小花看著孟娘一臉的燦笑和藏不住的嘴角，心想大概是想假借照顧好去做一些不可描述之事吧？

太好猜了。

「那怎麼行？閻王尚未娶親，身邊沒有個女人照顧，不行……妾身必須去閻王殿一趟。」孟

娘不打算放棄，平常閻王殿戒備深嚴，閻王又埋頭苦幹在亡者的審判上，難得有這可以親近的機會，怎可以放棄。

「大王向來不好女色，貿然前去恐會吃閉門羹。」范無咎淡定地回答。

杜小花聽聞閻王不好女色，內心彷彿響起戀愛遊戲裡的好感音，忍不住低語道：「這個好。」

眼前的孟娘……總是讓她想起躺學長懷裡的那個人，雖說不是長的很像，但是都是精緻的妝容，妖嬈的身材，撫媚的姿態與語氣。

「不！妾身還是要去試試。」孟娘對自己非常有自信，只要能見到閻王，她有自信可以盧到進他的寢室裡。

「我有一計，或許可以正大光明進閻王殿。」范無咎向孟娘獻計。

「快說！」孟娘頓時眼神都亮了起來，只要能見到閻王，她做什麼都願意。

「只要奪取這名亡者，魔化起因的相關記憶，隨後去閻王殿匯報即可，展判官也很在意這名亡者是否會第二次魔化，畢竟不能再叫大王出面第二次。」范無咎答道。

「的確，只要記憶沒了……就沒有可以魔化的起因了，這個簡單！妾身可以做到。」孟娘懶懶地站起身，細如柳枝的水蛇腰一覽無遺，聲聲輕喚：「松兒、竹兒、梅兒拿湯藥來！」

不到一會兒，歲寒三丫環便齊刷刷地在孟娘的面前跪安，恭恭敬敬地喊道：「娘娘，湯藥來了。」其中一位拿著托盤，上有一碗湯藥和一只漂亮的玻璃瓶。

這三個丫環面容白淨，年紀雖小但一看就是聰明伶俐，穿著如古代宮女的服飾，但有些不同的是，三人的衣裳上有著對應松、竹、梅的圖樣。

孟娘來到杜小花的面前淡淡地問：「魔化的原因……」露出微微一笑。

謝玉安本來想上前接話，不過孟娘比了個『噓』的手勢，然後她湊到杜小花的耳邊細細道：「是因為男人吧？」

杜小花面色微微發紅，胸口一緊，同時想著……有這麼明顯嗎？

孟娘笑意更濃，左手接過湯藥，但右手的掌心對著那碗湯藥散發內力，一陣陣氣息往湯藥灌入，直到原本碗中濃黑的藥汁有一瞬間閃著藍光，孟娘才停下發功轉身遞給杜小花道：「喝了它，妳便會忘了妳是如何愛上那男人，所有讓妳心痛、快樂的曾經，還有跟魔化有關的記憶通通都會忘記。」

杜小花原本有一絲遲疑，但還是接過一口喝下，濃厚的藥味迅速從口腔裡傳遍，直到下肚，獨特的苦味酌燒著喉道深處，就像一次喝了濃縮十倍的苦茶，令人難以忘卻。

下一秒，無數的蝴蝶從杜小花的身體飛出來，在她的上方盤旋。

杜小花腦海中無數次閃回，關於鄭文風的回憶，各種酸甜苦辣的回憶都回放了一遍。

不過和死前的掙扎不一樣，這次她是一一向這些回憶告別。

隨著飛舞的蝴蝶越來越多，眾人都對這畫面多看了一秒，孟娘都忍不住嘆道：「看遍世間癡男怨女的糾葛，妾身還是第一次看到記憶化為蝴蝶的，多麼浪漫的姑娘啊……」

杜小花這次腦海中是和小七相遇的畫面。

啊……大概是因為和魔化有關的，都會忘了吧？

但她的內心深處，彷彿有個聲音說道：『沒關係的，我一直都在。』

最後閃回的記憶，是那個古裝男子颯爽的背影。

啊……閻王大人，如果還有相遇的機會，我想和你好好地道謝。

眼看一切都結束了，孟娘拿著托盤上的玻璃瓶打開瓶蓋，尚未消散的蝴蝶，立馬往狹小的玻璃瓶吸入，直到匯集成一隻蝴蝶，全身閃耀著淡淡深藍色光芒，還在玻璃瓶裡拍打著翅膀，但那花紋卻是亮麗紅色的彼岸花，這是代表地府的國花，讓孟娘忍不住多看了幾秒。

「好累喔……這是哪裡啊？」杜小花像是跑了一場，累人的馬拉松一樣，全身筋疲力盡。

「小花小姐，妳還記得我們嗎？」謝玉安面露擔憂的神色問道。

「知道啊！這裡是地府嘛。」杜小花脫口答道。

「欸，女人妳還記得妳是怎麼死的嗎？」這次換范無咎試探式的詢問。

「欸，黑臉的！你就只會問別人是怎麼死的嗎？還有我叫杜小花，不是『欸』。」杜小花帶著俏皮的口氣吐槽道。

黑白無常被杜小花突如其來的吐槽嚇了一跳，就像她突然一改，哭喪著臉又軟弱的姿態，不過看著她的微笑，任何人都看得出來，在她身上的陰霾早已一掃而空。

「好了，妾身已經完成任務，現在換你們說說要怎麼見到閻王。」話音剛落，孟娘便拉著范

無咎往涼亭的另一側走去，身影逐漸模糊，消失的前一刻還不忘交待道，「松兒、竹兒、梅兒等等替妾身梳妝打扮，切記面聖的妝容要沉魚落雁，雍容華貴。」

歲寒三丫環又再度跪安說道：「是，娘娘。」其身影凌空逐漸飄散。

「小花小姐，請不要……」還沒待謝玉安說完話，便與其一同消失在空中，想必應該是被孟娘一起拉走。

月光如水寂靜的夜晚，只剩杜小花隻身一人在涼亭裡面，本來她還想在那邊等待黑白無常談完，但被外邊優美的景色吸引了過去。

她心想，我只是走走看看應該沒關係吧？

杜小花沿著忘途川的河道漫步，不知道走了多久，遠遠看有個蜿蜒處河道，旁邊有一顆開得豔麗的洋紅風鈴木，吸引她走上前去，那整棵樹都飄落著美麗的粉紅色花雨，與櫻花樹不同的是花瓣如一團團的棉花，是扎實盛開的粉色。

待她一靠近忘途川的河邊，立馬盛開了一株株殷紅的彼岸花，不見葉只見花，如火，如血，多了份神祕詭譎的氣息，豔紅的花蕊有著魔力般的花香，會讓人不知不覺離忘途川越近，就在她離忘途川的河水只有一步之遙……

「哇啊啊啊……這是什麼啊？」杜小花感覺到腳踝處有種溼黏、冰冷的觸感，下一秒奮力抓著她的腳往水裡拉，突如其來的力道，讓她整個人跌坐在河岸邊。

她緊緊抓著風鈴木的樹幹，回頭看才發現從平靜的河水中，露出了面目猙獰的水鬼，並且還

發出陣陣詭異的笑聲。

突然從水裡伸出一雙雙，滑溜溜早已被河水泡爛的雙手，紛紛都想要抓著她往水裡拉，這時她才發現已經聚集了許多的水鬼。

「走開！走開！」杜小花拚命用腳踹著水鬼，奮力掙扎試圖爬上岸邊遠離水面，但是踹完一隻從後方又會跑出一隻拉著她，眼看她整個人慢慢要被眾水鬼拖下水，她聲嘶力竭地喊著：「救命啊！有人嗎？」

從遠方傳來陣陣馬蹄聲，一匹黑色的駿馬踏著河道旁的落花，揚起陣陣彼岸花的漣漪，而騎在馬鞍上的人；那人頭戴通天冠，紛亂的白玉珠十二旒，底下的龍顏卻是極其俊美，一身玄色瑰麗長袍鑲著蟠龍紋，駕馬縱橫馳騁，那散發的氣勢可謂氣吞山河。

那男子用低沉又迷人的嗓音，大聲喝斥：「退下！」

河道裡的水鬼們立馬退開，有一些還帶著驚恐和害怕的表情，沉到水裡，顯然是非常懼怕那男子。

杜小花沒有浪費這一空檔，立馬掙脫水鬼們糾纏，好不容易爬到洋紅風鈴木樹下，只見他駕馬也來到洋紅風鈴木之時，伸出手直接一把將杜小花抱在懷裡，粉色的花瓣散落在他的肩膀，在冷冽的月光照映下，她終於看清楚那男子的面容……

冷峻的五官配上白皙的肌膚，一對劍眉星眸俊美無盡，威風凜凜的姿態，就算在他的懷裡，都可以嗅到不可一世的氣息。

他的眼神裡有著道不盡的冷冽，讓杜小花感覺有一股寒意貫穿全身，但那四眼交錯的一瞬間……

時間似乎凍結了。

安靜得讓杜小花……可以清楚地聽到自己的心跳聲。

風鈴木彼岸花旁，奈何小橋，忘途川流水，伊人駕馬乘風踏花而來。

# 第三章　月老喜碰瓷

等到兩人遠離岸邊，而水鬼早已不見蹤影之後，閻王冷冷睇著他懷裡的那個小傢伙，看她抱他抱得死死的，沒有一點女子該有的端莊與矜持，便帶著冰冷的語氣嫌棄道：「放手。」

「放手？放什麼手？我不管，反正我都死了，管他的。」杜小花聽聞抱得更緊了，那美男的懷裡，有種淡淡獨特的香氣令人淪陷。

這是難得的機會。

沒想到……地府居然有此美男！

打從娘胎二十幾餘年，第一次遇到這種美男。

閻王感到不可思議，世間竟有如此厚顏無恥之人，還是個女人家這麼明幌幌地垂涎他的美色，見她不放手便直接把杜小花丟在地上。

「唉唷。」一屁股坐在地上的杜小花，忍不住發出一陣驚呼。

「妳該好好研讀女誡！」閻王語氣不悅，話中帶有滿滿的寒意。

想不到他居然費這麼大的功夫，救了這麼個不知羞恥的女人。

早知當初就一掌滅了她就好。

「女誡是什麼？」杜小花不加思索回答道。

她仔細端詳眼前的人，不管是穿著、打扮、言行都像古代人，而且一身黑色華麗的長袍，上面的圖樣都以黃龍為主，一定是某個朝代的皇帝，隨後興奮地走上前積極地問道：「你是哪一個朝代的皇帝啊？朱元璋？夭壽的雍正？還是花心的乾隆？」

「本王像是明清之人？」閻王挑了一挑眉尾，非常不以為然，又不耐煩地說道。

聽聞，杜小花像是想到什麼似的，說道：「我知道了，這麼兇巴巴，你一定是曹操！」

「哼，朽木不可雕也。」閻王微微冒起青筋，感覺再和她多說幾句話，腦殼都痛了起來，拂袖正想駕馬離開這個地方……

但杜小花想到還有重要的話還沒說，眼看他就要離開了，一時情急之下追了上去，還從後方拉了汗血寶馬的馬尾。

這一動作差點讓閻王人仰馬翻，不過他馬術過人，很快安撫好馬的情緒，調整好姿勢對著杜小花發怒喊道：「好大的膽子，居然敢拉本王的坐騎，真不怕本王判你下地獄！」

就連汗血寶馬都氣噗噗地看著杜小花，一直發出呼嚕嚕的聲音。

「對不起啦，馬兒。」杜小花對著汗血寶馬雙手合十虔誠地道歉，隨後朝四周隨手摘了一朵彼岸花，遞給閻王的眼前，「謝謝你剛剛救了我。」

閻王先是一愣，望著豔紅的彼岸花片刻，最後又回復到不怒而威的表情，語氣極冷低沉的嗓

音道：「本王不會再救妳，好自為之。」

「好，沒關係。」杜小花露出了笑臉，那是天真又純淨的微笑。

閻王思索半晌再度離開之際，冷漠說了句：「妳不該逗留於此，快回去。」話音剛落，他就駕馬離去，路上的落花又再度飛揚。

杜小花站在原地，望著他的背影逐漸消失，再也聽不到馬蹄聲，才思考著他剛剛說的話……再？再救妳？

不是第一次救我嗎？

不該於此？快回去？這是叫我趕快回到那個涼亭是嗎？

杜小花回頭看了看來時路，發現明明她就沿著這河道行走，為什麼她完全看不到那個涼亭了？連奈何橋都看不到，明明都是沿著走啊？

心想如果也回頭沿著走，應該走得到吧？

早知道就拗曹操騎馬載她回去了。

可惡！沒想到曹操這麼帥。

杜小花回頭沿著忘途川的河水旁走，有剛剛的經驗她不敢離河水太近，但她總覺得回頭走的沿路風景和來時路不大相同，走得越久心裡的不安也慢慢加深。

該不會是迷路了？

正要這樣想的時候……前方有位老人坐在石頭上休憩，杜小花非常興奮，想走上前詢問該怎

麼走回奈何橋。

「老爺爺……請問奈何橋要……」還不等杜小花講完話，就在她拍著老人肩膀的時候，老人立馬用非常華麗的方式，自己摔倒在地上。

「唉唷……唉唷……我的腰阿，現在的年輕人吶！」老人在地上打滾，然後非常用力的哭喊著。

「喂！你這分明是碰瓷，演技還非常爛。」杜小花反駁道。

「現在的年輕人吶……都不敬老尊賢，撞到老人都說碰瓷，唉唷……我的腰。」老人依舊在地上不依不饒。

「老爺爺，那你到底想怎樣？先說好，我可沒有任何紙錢。」杜小花無奈擺手道。

地府真的比她想像中還要恐怖……

活著的時候沒碰到，死了反而讓她見識到了。

「我不要紙錢。」老人突然又活潑亂跳地在她的面前，然後從袖口處拿出一紙契約，催促道：「來，簽了它。」

「誰會簽啊啊啊！」

「唉唷……我的腰啊……各位鄉親父老評評理，撞到老人不負責啊……嗚嗚嗚……」老人轉過頭去向忘途川裡的水鬼訴苦，講得是加油添醋、老淚縱橫，直到水鬼們紛紛用鄙視的神情看著杜小花。

「你……你……」杜小花已經是氣到說不出話來。

這些水鬼也未免太見風轉舵了。

「好吧……那是什麼契約？」杜小花受不了鄉民們的眼神攻擊，只能退一步先看看契約內容再做打算。

「來。」老人的腰突然又好了。

杜小花拿過契約仔細端看，那是一張4444人力銀行的傳單——

『月姻緣股份有限公司，急徵實習助理，試用期在地府受訓，薪資22K絕對沒有年終和三節獎金，該有的福利都不會有，簽名即報到無需面試。』

「等等……月姻緣股份有限公司？」杜小花想到了什麼，仔細看著老人。

慈祥的面容，長長的白鬍鬚，一身紅色長袍且手持枴杖，像極了民間流傳的某位神祇……

「老爺爺，你不好好牽紅線，在陰曹地府搞碰瓷幹嘛啦！」杜小花實在是忍不住吐槽。

「哀，現在的草莓族太多，我應徵不到員工啊。」月老一臉委屈地說道。

「不是說該有的福利都不會有，又低薪，會找得到員工才怪。」杜小花回答。

「錢的福利是不會有啦……但是……」月老欲言又止。

「但是？」

「自己的意中人自己牽紅線，妳看這福利怎麼樣？」月老一臉賊笑地看著杜小花。

「聽起來好像還不錯？」杜小花正歪著頭，思考著其中的利弊，怯怯地問，「什麼人都可以

嗎？」

「當然！只要妳有中意，但是只能牽一個，下好離手。」月老掛起了保證。

「好，我簽！」杜小花迅速在那張契約上簽了名。

想到可以牽自己的心上人，忍不住就露出了嘿嘿嘿的笑容。

再次遇到那疑為『曹操』的美男就好了……

就在杜小花簽上自己的大名之後，那張契約突然自己浮在半空中，折成如名牌般的大小，套在她的脖子上變成一張員工證，員工證上浮現如烙印般的公司名，上頭還有她的名字和照片，連拍照都省了。

「來，這個給妳打卡用。」杜小花從月老手上接過，那是類似磁卡之類的東西，應該是上班打卡用的，然後月老望著杜小花語帶深意地道：「從今以後……妳就是我門下的弟子了。」

距離她迷路已經不曉得過了多久，月老的契約都讓她忘了緊張感，倒是黑白無常被她嚇得要死，被孟娘抓去獻計好不容易才逃出來。

要交待的亡者卻不見了，才又接到展判官的電話，得知杜小花的陽壽未盡，兩人像是急在熱鍋上的螞蟻，只差沒把地府給翻起來找，才終於河道處找到杜小花。

「小花小姐！妳快點回人間，妳的陽壽未盡。」謝玉安從遠方的天空，御劍飛行而來。

「女人！我們會被妳害死！」隨後附近的土壤，飄散出來的煙霧化為人形，那便是范無咎。

兩人為了快點收拾殘局，各路的仙術都使了出來。

「辛苦你們了。」月老發出了呵呵笑，對於杜小花的陽壽未盡，完全不在意。

「我？這麼說……我還沒死嗎？」杜小花突然獲得第二次重生的機會，感到喜悅。

她想著要不然因為下雨天機車打滑這樣過世，這樣實在太可惜。

「別高興得太早，妳的靈魂離妳的肉身太久，妳也是會死。」范無咎一臉煩躁，看來這頓罵注定是躲不掉。

而謝玉安則是面色凝重，在一旁陷入沉思……

不對，正常人早就沒救了，果然小花小姐不是普通的人類……

「這次為師就幫妳一把，送妳回人間。」月老笑意濃烈拿著拐杖，往杜小花的眉心輕輕一碰。

瞬間她整個人，像坐雲霄飛車似的被彈離此地，只是用後背朝前的姿勢快速離開那，過程像一口氣做了幾十趟的無敵風火輪，腦袋昏沉分不出東西南北，胃袋裡的東西正激烈的翻攪，她可以感覺到食物已來到她的喉嚨處，隨時準備好吐得一地一塌糊塗。

就在她受不了如嘔吐般的乾嘔之後，她才發現她已經在醫院的急診室裡，而一旁擺滿醫療電子儀器，只見儀器又重新響起答答答的聲音，隨後她便沉沉睡去。

在地府極盡富麗堂皇的皇城裡，盡是飛簷翹角，透露著一代盛世，最深處的閻王殿便為亡者

的審判之處，備有兩側東西暖閣。西暖閣為閻王大人休憩的地方，地上鋪有塊塊明亮如鏡的大理石磚，閣中上好的檀木雕花屏風前，設了簡單的案桌，氣勢不凡的蟠龍寶座，備有文房四寶。因地府全年皆為夜晚的景色，殿內全年掌燈，點有沉水香時時香氣清郁。

展判官恭敬地走了進去，向坐在龍椅上的人叩頭請安：「啟稟大王，杜小花已經喝了孟婆湯，應該是不會再魔化了，現已回到人間。」

「喔。」閻王並沒有抬頭看展判官，專心批改在案桌上堆成山的奏摺，提筆的墨跡剛毅有力，一筆一畫果斷俐落像極他的處事風格。

展判官隨後向閻王大人獻上安神茶，眼角餘光注意到案桌上比平時多了一物，那是一株漂亮的彼岸花被擺在花瓶內，便隨口打趣道：「大王何時是賞花之人？微臣竟不知曉。」

「多嘴。」閻王只是冷冷睇了展判官一眼。

「回大王，微臣還有一事稟告。」展判官笑道。

「說。」閻王提起安神茶喝了兩口，隨後闔上蓋碗。

「杜小花回到人間之前，和月老簽下契約成了他的弟子，呃……換言之，她變成了一位半仙。」展判官在報告的時候極力地憋笑。

看來閻王救了一個麻煩精，以後有好戲看了。

只聽見廳堂之上傳出『匡啷』一聲，那是茶杯被打翻的聲音，展判官悄悄地抬起頭看著閻王的反應，只見他臉色一沉露出不悅的神色。

「大王，那……奈何橋的孟娘求見……」展判官試探地說道。

「不見！」語落，只瞧閻王大手一揮，連展判官都被轟出閻王殿。

# 第四章　離奇的公關部與前輩柴犬

不知道過了多久，鼻腔內傳來濃濃的消毒水味道，身體的溫度冷冷冰冰，能感覺是躺在冷氣開很強的地方，但奇怪的是手臂卻有溫熱液體滴到的感覺，傳達著微微的溫度。她身上雖然沒有明顯的痛覺，不過卻有強烈的疲累感和昏沉感，四周平靜沒有什麼聲音，硬要說的話……好像有什麼東西在呼吸的聲音。

杜小花努力睜開沉重的眼皮，映入眼簾的是……

一隻柴犬。

正趴在她的床邊，嘴巴開開吐著舌頭，口水還滴在她的手臂上。

「柴犬？」杜小花充滿了疑惑。

她的眼角餘光掃過周圍環境，看得出來她現在正在醫院，看來她是還陽回到人間了。

在地府的一切雖然像是一場夢，但她很清楚地記得一切。

總有一天，她一定要找到那個美男，把他納入自己的後宮，這可是月老給她的福利。

「妳醒啦？還笑得這麼詭異，想做壞事厚？」在一旁的柴犬，用非常標準的中文說道，那聲

音像一位中年男人，充滿了低沉又磁性的聲音。

「是誰在說話？」杜小花看了看四周，確定現場只有她和柴犬。

柴犬歪著頭看著她，眨了眨眼就像在和她說『我呀』一樣。

杜小花立馬閉上眼睛，裝做什麼都沒看到一樣，蓋起棉被假裝進入了沉睡，心想……

狗狗怎麼會說話？我果然是休息得還不夠。

「喂！別裝睡啊，妳地府都去過了，我會說話這事有什麼好奇怪的？」柴犬用狗掌推著杜小花的身體。

「也是啦。」杜小花想想也對便掀開棉被，坐起身才發現自己的傷幾乎都好了，才驚訝道：「騙人？全都好了？我不是傷得很重嗎……」

「喔，妳現在好歹也是半個仙人，痊癒的速度是常人的好幾倍。」柴犬回答。

說完，便伸長自己的脖子亮出狗牌，上面寫著資深黃金業務——多多，「我先自我介紹，我是公司的業務專員多多，專跑地府線的。」

「喔……專員是柴犬啊……看來大家真的很缺員工呢。」杜小花已經不知該怎麼吐槽了。

「喂！別小看我，從今天開始是我帶妳熟悉業務的。」多多一臉氣憤地說，片刻卻瞇起眼睛說著：「況且我也是月老的弟子之一，論輩分我還是妳的大師兄。」

「蛤？」這下杜小花可以確定公司會缺人，問題鐵定出在月老身上。

「嘛，我也不喜歡擺什麼架子，所以在外面不用叫我大師兄。」多多揮著狗掌，一臉笑得

曖昧。

「那……叫多多？」

「不，叫我前輩。」多多立馬變臉，一臉正經地說道。

「前輩！那業務的工作內容……具體是？」杜小花問道。

此時此刻，她想著等順利追到美男，她就立馬提離職。

「試用期先跟著我做地府的專案，然後一邊學習基礎的仙術，等到試用期結束就回到公司，然後每年八、九月的時候，公司會很忙要有心理準備。」多多說道。

「八、九月是公司的旺季嗎？」杜小花提出提問。

「不，那是睡在公司的季節。妳能想像嗎？八、九月是涵蓋了七夕情人節和月老生日兩件大事，不僅全國所有的單身狗，都會卯起來拜月老求對象，辦公桌上堆起如喜馬拉雅山高的擇偶條件，而且還要在月宮幫月老舉辦盛大的生日會。」多多一邊說著一邊瑟瑟發抖。

「單身狗這三個詞，從前輩的口中說出來，總覺得很微妙。」

「幹嘛？我可是很搶手的。」多多說完之後，看了看醫院牆上掛的時鐘，驚呼：「居然這個時間了，我要走了。我先交代一下上班時間，今晚午夜十二點我會來醫院接妳，記得……下午要好好睡個覺。」多多便匆匆忙忙地離開了。

「午夜十二點？」杜小花滿臉的問號。

她看向醫院的時鐘，指針顯示的時間為下午的兩點，突然想要下床去走一走，而且她也不知

道到底今天是幾月幾號，總感覺她的時間已經過了很久很久一樣。

她緩緩地走下床，沒想到她的痊癒速度這麼快，完全不覺得疼痛，全身都像新的一樣，絲毫看不出經歷過重大車禍。

她身上穿著醫院特有的病患服，拉著有掛點滴瓶的桿子，緩緩地在醫院裡面漫步，看著醫生、護士、病人在光線充足的走廊上來來去去。

「小花！妳怎麼跑出來了？」從杜小花的背後有個聲音在呼喚她。

「啊，學長，你怎麼在這邊？」杜小花轉頭朝聲音的來源看去，卻發現鄭文風拿著一束百合花，正往她這邊的方向走來。

「我來看妳，聽說妳出車禍了。」鄭文風語帶擔心，手中捧著的百合花透著淡淡的清香。

那天，他正和美女歡快之時聽到在門邊的動靜。

他走過去查看，只看到一個很熟悉的女孩子背影，他的直覺告訴他。

她知道了……

他跟著追了上去，就在垃圾桶裡面找到了，那女孩丟的東西，他一看便知道了，他的直覺是正確的。

他不知道該怎麼描述他的心情，他並不希望被她發現。

到底他對她是什麼心情，是玩玩？是好感？還是什麼？

連他都不太清楚，當看到殘破不堪的禮物時，那當下不安的悸動，他無法解釋。

是罪惡感還是害怕錯過她？他不知道。

「哇，好漂亮的百合花，謝謝學長。」杜小花接過花束，做了個禮貌的回應和微笑。

「那個……那天……妳，看到了？」鄭文風語氣支支吾吾，非常地難以啟齒。

「嗯，看到什麼？」

「就、就……算了，小花妳沒事就好了。」鄭文風本想問，到底杜小花是怎麼想的，可對方一副什麼都不知道的表情，讓他不禁想著，依照她的個性早就大哭大鬧了。

難道杜小花沒有看到什麼嗎？

這樣想……他卻有一種鬆一口氣的感覺。

「謝謝學長，沒什麼事的話，那我就回病房休息囉？」杜小花一臉的疑惑。

她想著學長今天似乎特別和她套熟。

明明她和他才見沒幾次面而已，對他的印象只到上次，她有和他借過東西，小聊幾句罷了。

但她卻覺得這是很久很久之前的事了。

不知為何，她望著他的臉孔，心中總有一絲隱隱作痛的感覺，但她又想不出為什麼。

正當杜小花要轉身離開的時候，鄭文風拉住了她的手腕輕喚：「等等。」隨後像是鼓足勇氣一般，「我和她沒什麼，只是玩玩罷了。」

他甚至不知道，為什麼他想要試圖解釋。

「我聽不懂學長的意思。」杜小花詫異地看著鄭文風。

「那天，那個女生是我朋友介紹的，我承認她很漂亮，身材又好，我……我只是一時禁不起誘惑，但是我對她並沒有任何感情，請妳相信我……我……」鄭文風緊閉著雙唇，最後一句始終說不出口……

『我是真的喜歡妳』

這句話，連他都不知道到底是真是假。

「學長這樣不行喔？要好好對待那位正妹才對，不錯嘛。」杜小花拍了拍鄭文風的肩膀，隨後露出燦爛的微笑說道：「學長，先祝你戀情成功囉。」

隨後杜小花向鄭文風做了個掰掰的手勢，走在陽光充足的走廊上，那光線強而有力地照耀，讓她的背影沒有任何陰暗處一樣。

鄭文風聽完她的回答，頓時間腦袋無法思考任何事，只是呆站在原地，看著她的笑臉還有她離去的背影。

好像她灑脫的離開，步伐中沒有一絲留戀。

『難道是我被玩玩？』『我被耍了？』等念頭盤旋在鄭文風的心中，無時無刻天人交戰著……

開什麼玩笑？我鄭文風居然會被杜小花這種貨色拒絕了？

一開始，他是真的對杜小花沒有任何感覺，只覺得她是個毫無經驗又好騙的女生，但在和她的相處之中，她隨和的個性也讓他認真地考慮過她。

但是他每當和友人提起，或是和旁人提起……杜小花這個人當女友如何？

大家都紛紛表示不看好，覺得兩人並不班配都說：『鄭文風值得更好、更漂亮的女人』

就連他的內心深處也這麼認為。

杜小花，條件實在太普通了，就像路邊隨處可見的小花小草。

但他不管怎麼任思緒翻湧，就在小花從待在他的背影乞求他留下，轉變成不再向著他之時，他卻無法解釋此時此刻的失落感……

傍晚時分，黃澄澄的陽光從窗外照射進來，杜小花朝病房的窗外看，看著外面的人群熙熙攘攘，有人在公園裡散著步，有人坐在公車站裡等待公車的到來，她懶懶地看著床邊學長送的百合花，純白淡雅的香水百合散發淡淡清香，可能還有些許安神的效果，不一會她就感到疲乏躺在病床上沉睡。

「新人！新人！醒醒啊。」到了午夜十二點，多多準時來到杜小花的病房，狗掌正大力地想要搖醒她。

「嗯？」杜小花睡眼惺忪地看著多多。

「來，妳掛上這個……這是妳上次還陽時掉的員工證，掛上之後就可以靈魂出竅，而且對肉

體不會有任何影響，但妳白天是人類、夜晚是阿飄，這樣子的雙重人生怕妳太過疲累，所以妳的上班時間，為每周一、三、五的晚上十二點到清晨六點，每周上三天晚上就好。」多多一邊解釋，一邊讓杜小花取下牠脖子上的員工證。

杜小花半信半疑地將員工證掛到自己的脖子上時，瞬間那種強烈想要嘔吐的感覺又來臨了，這次比坐船十次還要恐怖，她終於忍受不住半跪在地上嘔吐，但是卻沒有吐出任何東西，單純就只是在乾嘔而已，抬頭一看，自己還好好地躺在病床上。

「難道……我每次……靈魂出竅，都、都……嘔嘔嘔嘔嘔嘔。」杜小花神色痛苦，趴在地上止不住乾嘔。

「還真是壯觀呢，新人。」多多坐在地上搖著尾巴，一副幸災樂禍的表情，「嘛，畢竟妳是半路出家成為半仙的，靈力和仙術都很菜，會受不了也是很正常。」

「我、我倒是很好奇，前輩……當初……嘔嘔嘔嘔嘔嘔。」杜小花已經瘋狂乾嘔到聲音沙啞，且臉色蒼白。

「我喔？我沒有任何感覺捏。」多多笑著回答，隨後一臉賊笑地說：「畢竟我是大師兄嘛！」

此時的杜小花心中五味雜陳，沒想到論靈力她還不如一隻狗……

杜小花乾嘔了一陣子之後，症狀才慢慢消退，想吐的感覺才慢慢消散，取而代之的是乾燥刺癢的喉嚨，但靈魂狀態的她不需要喝水，只需要去吸取水的氣息，就有喝水的感覺。

等到身體狀況感到舒適了一點後，杜小花才發現她靈魂狀態的身上衣著，和醫院熟睡的自己完全不一樣，那是樣式簡單紅、白配色的古裝，她的頭髮還用紅色緞帶綁成馬尾，有點神明身旁童女裝扮的概念。

「哇，這個員工證還兼具變身的功能。」杜小花對自己身上的改變，感到嘖嘖稱奇。

「妳身上這套是公司制服喔。」多多答道，一邊走出病房，仔細一看可以發現多多也是靈魂狀態，「走吧？帶妳去地府的公關部，認識認識新的同事。」

「對了？話說我們這樣要怎樣去地府啊？搭黑白無常的車嗎？」

「不行啦！那是被勾魂的亡者才能坐的。」

「那我們怎麼去？」

「期待一下吧？我們等等要搭的，可是很特別的交通工具喔。」多多一臉的燦笑。

一人一狗接近用飄的方式離開了醫院，來到附近的十字路口，但沒想到不只他們在等車，現場已經不少阿飄在等待了，有穿著古裝打扮的、身穿西裝打領帶的、也不少動物排隊，這下杜小花才明白，多多會講話這件事真的不是什麼稀奇的事。

「啊，車子快要來了，妳以後就記得在這邊等車，車子大概是午夜十二點半。」多多用狗掌指著等車處。

「在這邊？」杜小花看著搭車處，基本上大家就是在十字路口上等待。

午夜十二點半一到突然就濃霧瀰漫，遠遠可以聽到火車通過鐵軌的聲音，但是還看不到車

身……

「直接在馬路上開火車嗎？哦哦……真想看看地府的火車長得怎麼樣？」杜小花聽著聲音滿心期待著。

她想黑白無常的座車都是跑車了。

那地府的火車再爛也要是高鐵吧？不不不，搞不好是磁浮列車。

下一秒，無數的蜈蚣腳印入杜小花的眼簾，那行進速度的確媲美高鐵，準確來說是一隻巨大的蜈蚣，發出類似火車的聲音，用高鐵的速度快速地在馬路穿梭。

「怎麼樣？是不是很像龍貓公車？」多多一臉得意說道。

「差很多好嘛？我死都不要上車。」此時杜小花覺得她的驚嚇遠大於期待，尤其是那巨大的昆蟲腳，看得她渾身發毛。

「嚴格來說……妳已經是死過一次了。」多多咬著杜小花的衣角，拼命地往前拉。

待那蜈蚣停下來從牠的身體，直接開了許多入口讓乘客上車，看得出來裡面的配置和台鐵自強號一模一樣。

「我的天啊……」其實蜈蚣並不是杜小花最害怕的生物，只是把細節給放大好幾倍，這樣細看不免還是有點嚇人。

即便知道裡面是自強號。

「快一點啦！快開車了啦！」多多正拚命把杜小花往車裡拉。

無奈之下，杜小花只能閉眼快速走進車廂裡面。

「……」這下杜小花忍不住想著……到底管理陰曹地府的是何等奇葩？

杜小花與多多坐在位子上休息，到達鬼門關一站之前，都是在黑壓壓的隧道中行駛，而列車到站的方式、洗手間、飲水機通通都和自強號沒有任何區別，唯一的差異在他們是在一隻蜈蚣的體內。

因此杜小花也不敢去上列車內的洗手間，總覺得……哪裡怪怪的？

當列車的到站牌顯示為『黃泉』之後，開始是在天空中行走，就像會飛的列車一樣，杜小花忍不住發出驚嘆之聲。

在金雞惡狗嶺的山頂上就明白，黃泉的天空有多絢麗，但他們此時是在天空中行駛，先是一片藍天白雲，而後慢慢來到橘色的夕日，杜小花從車窗向下看的時候，才明白這一區域，長得就像一個『太極』的圖樣，一白一黑，而中間蜿蜒的線則是高聳的金雞惡狗嶺，有些山峰純白無暇，但有些則是吐著火舌，大概是因為有不同罪行的亡者在走的緣故。

最後來到幽藍夜幕的天空，可能是在天上的緣故，皎潔的明月顯得特別近，星星也特別閃亮的感覺，依舊看得到底下的忘途川，是如此蜿蜒、如此細流漫長，還有奈何橋渺小像個玩具部件似的……

過了五分鐘之後定睛一看，底下燈火萬家，各式各樣的色彩斑斕，遠遠看有棟雲霧環繞的古代皇城。此時列車上開始廣播著：『各位乘客，即將到站——酆都城，請注意隨身攜帶物

品……』可以感覺到車身正在慢慢下降，車窗外的景色也慢慢越來越近，越來越清晰，直到蜈蚣自強號在月台處停了下來。

「到了，下車跟我來。」多多熟練地走出月台。

杜小花不敢放慢速度緊緊地跟著多多，在這邊走丟鐵定找不到回家的路，隨後來到車站大門口迎面而來的是，各式各樣的日式三層樓木造建築，讓人忍不住仰頭觀望，每一層翹起來的屋簷，都高掛紅燈籠隨風搖曳，一排排眼花撩亂的紅色，還有穿梭在其中的狹小石階，配上月光如水的夜晚，彷彿復古懷舊的世外桃源。

然而街上的阿飄們卻是各式衣著，有各個朝代的服飾和裝飾，從明清時代到現代服飾都有，儼然就是一群群歷史在飄來飄去。

各色建築物也不遑多讓，茶樓、湯屋、民宿各式各樣風格林立，員工都站在門口大聲吆喝招攬客人。

「怎麼樣？漂亮吧？每個神隱到這邊的人，最後都不想回去。」多多說道。

「公關部在這邊？」杜小花跟著多多，踏著一階又一階的石階。

雖然人聲鼎沸，但不像有所謂的『公關部』會在這。

公關部好歹也是地府的行政機關吧？

「對啊，只有和亡者審判相關的部門，會在皇城那邊，其他的都在酆都城內的辦公大樓。」

「所以……簡單來說，這就是個冷門的部門。」

「呃……妳要這麼解讀也可以啦，不過我滿喜歡部門設在這裡。」多多說著說著眼光餘光掃過一家店家，興奮指著那店家，「啊！我很推薦那家的按摩，難得有接柴犬的服務。」

「前輩，我怎麼感覺你很享受？」

「拜託！妳都不知道，做業務的也是壓力很大，要陪客戶喝一杯、陪客戶泡澡、幫客戶顧雜貨店，還要在客戶面前賣萌，累死了。」多多反駁道。

隨後來到一棟日式復古的水泥建築，總體很有台灣總督府的風格，杜小花跟著多多走了進來，裡面卻是現代辦公室的裝飾，穿過沒人駐守的大廳，來到一道玻璃門前。

「這邊就是公關部的辦公室。」多多向感應器抬頭露出牠的狗牌，走過一旁較矮的小門。

杜小花也跟著多多有樣學樣，拿起員工證向感應器刷了一下。

嗶——

玻璃門打開有個犀利的目光投射了過來，杜小花望著眼前的景象，目瞪口呆、腦袋拒絕思考任何一切事物。

水汪汪卻沒有任何活力的大眼，水潤潤的嘴唇，雖然似乎有點太過溼潤了，頭上戴著客家小碎花花巾，穿著客家藍布衫，全身散發著強烈勤儉樸實的婦女美德。

「妳瞅啥瞅？」但前方的存在卻遂先開口。

「居……居然會講話？」杜小花到抽了好幾口氣，下意識地退了好幾步。

「唉……新人，妳這吐槽完全不行啊。」多多搖著頭說著，隨後說道：「妳應該要吐槽說

『為什麼全身客家裝扮有這口音啊。』」

「這是重點嗎？」杜小花看著眼前的人……喔、不，是生物才對。

仔細看……首先頭部的部分，就是魚頭混入人臉的感覺，看得出還有魚鰭還有魚鱗等，但是露出的四肢又像人類，只是被衣服蓋著看不出其膚色。

「我來介紹一下，這位是打掃清潔的阿婆——人面魚阿婆[1]。」多多一派輕鬆地介紹。

「人面魚？」杜小花先是愣了三秒，隨後喊道：「是那個人面魚嗎？」

說起人面魚是非常早期流傳的都市傳說，據傳有一群年輕人，釣起一隻吳郭魚烤來吃，吃到一半的時候，魚身彷彿有張人臉用台語說『魚肉好吃否？』。

如果眼前的阿婆對任何人說這樣的話，大概那個人沒被嚇死都只剩半條命。

爾後從玻璃門又走出一位女人，她面目清秀帶著黑色細框的眼鏡，但雪白脖頸上有道淡淡粉色勒痕，掛著好看親切的微笑，綁著隨意的馬尾，穿著簡單的白色襯衫和黑色長褲，整體有種知性美。

「怎麼了嗎？大家都在門口講話，進來啊。」女人笑得親切。

「啊，部長！」多多高興地打招呼，搖起尾巴。

---

[1] 人面魚出自於一九九五年經台灣的自由時報刊出之地方軼聞而廣泛流傳，大意描述有民眾至溪裡出遊釣起一尾吳郭魚，燒烤欲食用時卻聽到用閩南語詭異的聲音詢問：「魚肉好吃否？」

「多多，今天也是很可愛呢。」女人摸著多多的頭，眼角餘光注意到杜小花，便看向她問道：「妳是今天來報到的實習生杜小花吧？我是這裡的部長。」

「部長好！」杜小花聽聞恭敬地鞠躬，但彎下身的時候，碰巧看到部長胸前的名牌，上面寫著『部長——林投姐』[2]。

「林投姐？」杜小花又再度陷入沉思。

就這樣兩人一犬一魚走進辦公室，裡面的擺設就和現代社會的辦公室，一模一樣，都是一格一格的，每個人都配有電腦，但是位子不多可見這部門的人也不多。

杜小花好奇東看看西看看，不經意注意到牆上貼的一張海報。上面的模特兒看起來年紀很輕，大約十七、八歲，臉孔精緻、氣質清純像某位日本女明星，但全身膚色是淡淡的綠色，穿著豔紅的紅色洋裝。

海報上的標語是『歡迎來到陰曹地府，祝各位旅客死得愉快。』

杜小花站在海報前呢喃著：「這該不會是……」

這公關部到底是怎麼回事？

林投姐走到杜小花的旁邊，看著海報介紹說道：「這是我們公關部的模特兒——紅衣小女

---

[2] 林投姐的故事起源有兩種說法，一是來自大陸的民間傳說，而另一種說法則認為林投姐的故事是發生在台灣拓墾時的民間故事。但故事主軸均是女主角被騙財騙色後上吊於林投樹林，死後冤魂不散而得其名。

孩[3]。」

「這個年紀不能叫小女孩了吧？」杜小花臉色凝重地說道。

「這個吐槽很好，我給五分。」多多在一旁發表。

「嗯……我給七分。」林投姐也點頭示意。

「小花會這麼覺得，是因為傳說中的紅衣小女孩，是個小孩子吧？」林投姐緩緩解釋道：「其實啊，那位是這位的妹妹，因為她妹妹年紀還小在人間到處玩耍，姐姐頭痛不已，只好來這邊工作替她妹妹減輕一點罪行，藝名就是紅衣小女孩。」

「家裡有屁孩很傷腦筋呢。」多多替海報中的模特兒感到嘆息。

「哼，活該！」人面魚阿婆不知不覺來到眾人的背後，看著紅衣小女孩海報一臉的厭惡。

「阿婆，妳還不能釋懷啊？」多多說道，臉上寫著真拿妳沒辦法。

「為什麼？為什麼？明明我是最早出名的，我卻沒有拍成電影？」阿婆非常氣憤地大聲說道：「一個穿紅衣的猴死囝仔就有電影，女主角還是許○甯[4]。」

「那、那個……其實，人面魚也有拍成電影……」杜小花舉起手怯怯地說。

「那是出現在紅衣小女孩的外傳！我要獨立電影，別想欺騙阿婆！」人面魚阿婆依舊非常地

---

3 紅衣小女孩是台灣都市傳說，源自一段觀眾提供之V8靈異影片，該影片於一九九八年台灣的靈異節目中公開播送。

4 《紅衣小女孩》是一部於二〇一五年上映的驚悚電影，為三部曲第一部。改編自台灣都市傳說、靈異事件。

氣憤，有目珠的人都可以看到魚頭上的青筋了。

「唉，人面魚阿婆和紅衣小女孩哪個有看頭，大家都一目了然吧？」多多用相當老成的口氣，隨後搖搖頭說道，「演藝圈吶……」

「好了、好了，你們就別再刺激阿婆了。」林投姐跳出來緩頰，拿著半聯超市特價打折品的目錄，遞給阿婆說道：「來！這次的採購一樣要麻煩阿婆了。」

「喔。」阿婆接過目錄，看著上面寫著下殺五折，看著那個數字瞳孔發光，那是死魚眼最有生氣的時候。

人面魚阿婆便拿著號稱阿嬤的LV提袋；綠、紅、藍三色的常見菜市場手提袋，哼著歌愉快地出門採購了，等阿婆走遠林投姐和多多才鬆了一口氣。

「原來如此。這裡的部員……都是知名的都市傳說吧？」杜小花恍然大悟地詢問道。

「沒有錯，我來一一介紹吧！」林投姐笑得很燦爛，數著辦公室的位子慢慢說道：「人面魚阿婆，我就不介紹了，那個位子是紅衣小女孩的，不過她時常在外做外拍的工作，因此不常在這辦公室，那三個是玉山小飛俠[5]的，基本上我一年只見過他們一次，那小花的位子就在多多的隔壁。」

5 玉山小飛俠為台灣流傳的山區傳說。據說在玉山南峰叉路口會看到三個穿黃色登山斗蓬雨衣的男子，站在山谷的邊緣，有些登山客因而不明原因脫隊，跟著這三個人墜谷。也有人說這三個人會指引登山客錯誤方向。

「玉山小飛俠？是那個擾亂登山客的都市傳說嗎？」杜小花問道。

「啊……他們啊……總覺得他們有很多不能說的祕密。」多多說道。

「這樣呀。」杜小花感嘆之際，眼角餘光瞥過林投姐，細想著這間辦公室，大概只有部長最不像都市傳說了，就像個平凡人隨意的打扮但又帶點氣質，好奇心的驅使之下緩緩問道：「部長，妳又為何來公關部呢？」

「我啊，原本是在人間飄盪偶爾抓渣男來交替，但是某日從地府來了個首席判官，邀請我去叫喚地獄做獄卒，我本來是想拒絕的……可是……」林投姐微微地低下頭。

「可是？」杜小花期待著林投姐的答案。

像眼前這種三好姑娘，不太適合去地獄當獄卒吧？

「每天把渣男丟到大鍋裡煮，還可以領固定薪水，這……實在是太幸福了！簡直是我夢寐以求的職業！」林投姐臉上染起淡淡的嫣紅，一臉沉浸在幸福的表情隨後說道：「後來，我服務的業績達到十萬名渣男，全都死在我的手中無數遍，展判官便把我提拔至公關部的部長。」

「……」

「嘛、嘛，傳聞……部長就是被渣男騙財騙色，窮困潦倒，幼子因為營養不良死在了她的眼前，在一片名叫林投的樹林裡上吊自殺，死後冤魂不散而被後世稱為『林投姐』。」多多在杜小花的耳邊悄悄地說著。

「部、部長沒想到……林投姐還有這種故事……」杜小花都忍不住眼角泛淚。

那個渣男實在是太可惡了。

「欸欸，部長！後來那個騙妳財、騙妳色、拋家棄子，又害妳小孩死掉的渣男，後來應該也來到地獄了吧？」多多一臉好奇地問道，語氣相當直率吐著舌頭，狗尾巴正激烈地搖晃。

這才是身為一名合格的柴犬，要聽的八卦。

「喔，你說他啊？我把他介紹到研發部門，供地獄的眾獄卒發明新刑罰，還有新刑具的實驗用白老鼠，基本上他不用想投胎了。」林投姐笑得很迷人。

「哦哦，聽說灌銅湯這招就是部長發明的。」多多興奮地說道。

「你說那個呀？我也是拿他做各種實驗，發現從嘴巴倒入滾燙的銅湯，可以一口氣把他的五臟六腑都燒爛，我就向中央機關提出這個企劃了，沒想到大受好評呢。」林投姐正滔滔不絕地講她的發明。

「真不愧是部長！踩著渣男的屍體步步高升！」多多非常佩服地說道。

「……」

杜小花心想……這下我不知道該同情誰？

誰叫這渣男運氣不好，死後得罪地府的公務員……

「杜小花，這次的宣傳地府的專案，我們就一起好好努力吧！」林投姐握著杜小花的手，用非常誠懇的眼神說道。隨後把掛在辦公室牆上匾額的布拿掉，做出了非常雄心壯志的發表：「目標拉一百萬名渣男下地獄！哈哈哈哈！」

「部長……我覺得公關部的目標似乎有點怪怪的……」杜小花望著那匾額上面用金色的墨跡，高雅又閃耀寫著『亡者一百萬』，忍不住輕嘆道：「這年頭渣男也是不容易。」

「所以具體要走什麼方式宣傳呢？」多多一臉神采奕奕地詢問。

「這樣吧，你們先跟我去參見大王，匯報這一季的部門進度，路上看看有沒有什麼想法，可以做出充滿衝擊性的宣傳。」林投姐拿起桌上的車鑰匙，步伐優雅地踩在光亮雪白的磁磚上，黑色高跟鞋敲打出果斷又自信的節奏，發出清脆的喀喀聲音，讓人不難想像是位女強人的腳步聲。

多多倒是一臉正經認真思考著，良久，才緩緩說出：「我懂了，要挖個勁爆的八卦頭條來宣傳是吧？」

「前輩，我們是公關部……不是某水果雜誌。」杜小花已經不知道該反駁什麼了，這裡就沒有正常的阿飄嗎？

眾人來到地下停車場，林投姐的跑車前，這讓杜小花心想，果然在地府擔任公務員的都很有錢，她和多多都坐在跑車的後座。杜小花看著跑車內部，高檔的皮製座椅，流線型的車身設計，就連最為常見的黑色，在車內都是多了一點時尚的感覺，讓她這平凡人都忍不住多摸幾下座椅，轉過頭看著做在她旁邊的多多，張著大嘴搖著尾巴像是習以為常，口水和狗毛在非常高檔的座椅上散落一地。

「坐好囉？」林投姐開始發動車子，發出低沉的轟轟一聲，便看到她輕鬆自若地開車，經過人潮眾多的鬧區，在高速公路上全程瘋狂加速。

兩側車窗外的風景，都是一望無際的平原，在這四季都是夜晚光景的地府，這平原大概永遠都是幽藍的顏色，淡淡的月光和車燈是路上的光源，老遠就可以眺望到，如古代皇城設計的建築物，但是上路了一段時間，卻絲毫不見有靠近的感覺，可以預想其皇城有多高聳宏大。在風景不變的長長道路上，飆了整整四十五分鐘才到皇城的附近，兩人與一犬看著前方；掛著冥廣門幾個大字，門外整齊劃一排列著各式各樣馬車、汽車、摩托車、更甚者還有腳踏車，儼然就是交通工具的歷史圖鑑，但所有人在進入門口之後，都是鴉雀無聲異常嚴肅。

皇城為佔地遼闊的矩形，四邊城牆一邊一個大門，內部又細分許多宮殿和區域，有各式各樣維持地府運轉的部門，長駐在眾多辦公大樓所組成的商業區，甚至還有蜈蚣自強號的月台站，方便獄卒去各個大小地獄工作；除此之外還是閻王居住的地方，寢居、御花園、書房、避暑山莊、各類寢宮與暖閣多到數不清，而裡邊最為重要的宮殿，莫過於審判亡者的地方——閻王殿。

皇城佔地如此廣大，因此可以容納各類車輛進出，但是還是要車輛管制，並且大部分的區域是禁止車輛通行，除了地府配置的公務用交通工具可以進出，傳聞是為了讓閻王方便騎馬。

「好了，接下來要用步行的方式到閻王殿。」林投姐停好車，向一人一犬說道。

杜小花正好奇看著四周，豔麗的磚紅城牆在夜晚的襯托之下，變成深深的暗紅色，但不減上面各式各樣的金雕玉琢，石磚所鋪成的寬廣道路，兩側每隔一段距離就點著燈，只是這些燈都浮在半空中，燭火明亮搖曳，在點點斑斕絢麗的照耀，不難想像若是白天的場景會有多壯觀。

「對了，閻王大人是個怎麼樣的人啊？」杜小花看著皇城忍不住問道。

皇城一看……就明白這完全是陰間的皇帝配置。

「一個常翹班去人間『勘查』的任性老闆。」多多回答。

「一個非常正經、嚴謹，做事又一絲不苟的霸道總裁。」林投姐也同時回答。

「呃……你們描述的真的是同一個人嗎？」杜小花不解地問道。

「嘛、嘛，撇開翹班這個點不談，大王的確是有兩把刷子的實幹老闆，地府的地獄審判制度全是大王建立下來的。」多多描述的時候，眼神中盡是佩服的神情。

「沒錯，在很早期的時候……人界和天界連地獄的觀念都沒有，這邊只是蠻荒之地，亡者想怎樣就怎樣，但自從大王來了之後，審判制度慢慢被建立起來，直到地府的首席判官——展飛的出現，審判制度開始隨人類的歷史越來越多元。」林投姐又再一次滔滔不絕，說著地府成立的歷史發展。

「哦、哦，原來閻王大人是這麼厲害的人啊？那他為什麼那時會來到蠻荒之地呢？還是說他原本也是亡者？」杜小花好奇地問道。

「咦？」林投姐很顯然是被杜小花的問題給問倒了，後世所有的地府員工都只知道，閻王建立審判制度的這一段歷史，但是他從何而來？為何而來？

倒是沒有人知曉。

「哼哼……看來諾大的地府，就只有本大爺知曉這段典故了。」多多一副胸有成竹的姿態，用極度誇張的表情緩緩說道：「在盤古開天闢地之初，天庭才剛剛建立，元始天尊從廣、閻、

戰、孤，四位候選人當中選一位當天子，但四王之爭必有傷亡，最後由廣擔任玉皇大帝，而閻就被發配邊疆，流放到地下的蠻荒之地這裡來，但是天帝絕對沒想到，閻王居然搞了個地府出來成為大王。」

「可愛的多多，你怎麼知道這些的？」林投姐停下腳步，撫摸著多多的頭。

「哎呀，討厭、人家可是從山海經問世的時候，就存在了喔。」多多一臉得意地說道。

「你騙誰啊？還山海經咧……要是這樣你到底幾歲啊？」杜小花滿臉不相信說著。

柴犬的壽命了不起幾十年吧？

「喂！新人，詢問一位紳士的年紀，是件很沒禮貌的事情。」多多立馬換了表情正經地說道，爾後用歡快的腳步繼續向前行，回首笑道：「啊，忘了說，要走兩個小時才到得了閻王殿喔。」

「蛤？兩個小時？」杜小花露出驚訝的表情。

漫長的路上思考著這實習生一職，是不是個雷缺？

# 第五章　當真不怕打入地獄？

歷經兩個小時的奮戰，終於來到閻王殿的入口，大門依舊是氣派輝煌，甚至比路上經過的宮殿還要氣派，入口處有幾名侍衛駐守，穿著如同大清朝代的侍衛，表情嚴肅手持長矛，正一個個檢查要進入的群眾，而在一旁的小門排著滿滿的亡者等著審判，不過杜小花一行人是來面見閻王的，只見林投姐把通行證給侍衛看便放他們通行了。

一行人稍微整理儀容，緩緩走進去閻王殿，正殿閻王廳是審判亡者的主要場所，備有東西暖閣，一處是閻王稍作休息批改奏摺，而另一處暖閣則是亡者等待唱名的地方。

閻王廳大而空闊掛有『明鏡高懸』的匾額，地上鋪有漆黑的大理石磚，光亮如鏡，杜小花在林投姐身後悄悄地走，深怕發出巨大的聲音，廳內棟樑皆飾以金龍踏雲扶搖而上，想取飛龍在天之意象，就連牆壁都精雕細琢，整體可說是金碧輝煌。廳內四周站有身穿漆黑戰甲的御前侍衛，其表情嚴肅又威風凜凜，更添一分肅殺之氣，但有一抹紅色身影與周遭的氣息格格不入，他戴著細金框眼鏡，在紫檀木製成精巧的案桌上，放著的是蘋果筆電，廳內出奇安靜地只剩敲打鍵盤的聲音，那人便是地府的首席判官——展飛。

「展判官，你臉上所掛何物？」閻王看著身邊展判官的一切事物，強忍著好奇刻意壓低嗓音，眼神卻又盯著筆電瞧。

就連旁邊的御前侍衛也是忍不住各種瞧。

「回大王，微臣日夜加班整理各式文件，導致近視五百度，不得不去人間配戴一副眼鏡。」展判官淡定地說道。

「你在怪罪本王？」閻王挑了挑眉，沒好氣地說道。

「微臣不敢。」展判官起身行了一個非常恭敬的禮。

杜小花聽到前方有人談話的聲音，好奇地抬起頭往大廳的深處瞧，金雕十三龍盤據而成的龍椅，多用瑪瑙、玉石點綴體現出上位者的威嚴；坐著的那人頭戴通天冠，白玉珠十二旒，垂在面前卻蓋不住俊美的龍顏，一身瑰麗墨色龍袍正襟危坐。

「是你？我又遇見你了。」杜小花興奮地走向最靠近廳堂之上的位置。

沒想到……可以在這裡看到那美男，真是太幸運了。

那一聲呼喚驚動所有的御前侍衛，就連多多和林投姐都被這突然之舉，嚇了一跳，根本就來不及反應，但只有展判官露出意義深長的一抹微笑。

閻王挑了挑眉，冷冷睇了杜小花一眼，用透著冷冽氣息的低沉嗓音道：「來人吶！把閒雜人等給本王拖下去。」

杜小花的背後立馬跳出兩個御前侍衛，給『請』到一旁偏遠角落的時候……

「稟大王，杜小花目前是新設部門——公關部的成員之一，並不是閒雜人等。」展判官擋在了杜小花的面前。

還等不及杜小花搞清楚，這是怎麼一回事的時候，那兩位御前侍衛就又回到自己原本的位置，臨走時還不忘狠狠地瞪了杜小花一眼。

「此為公關部？」閻王看著前方的烏合之眾，桌上還有關於公關部的詳細介紹，越看他的眉頭越是深鎖。

「新人，妳在搞哪一齣？居然跑去和閻王大人攀談？」多多一臉訝異地和杜小花小聲說道。

「真想不到，小花膽大過人，我欣賞。」林投姐投以佩服的目光，也小聲說道。

「閻王大人？」這下杜小花總算搞清楚美男的身分，忍不住在內心一次次尖叫。

天吶！居然是閻王大人？

救了我的人居然就是閻王大人？

我……居然在黑夜明月下，公然調戲了閻王大人……

此時杜小花才終於對那天，強抱著閻王大人、拉閻王大人的坐騎等一事，感到冷汗直流，同時想到那天在閻王大人的懷中，那令人深深淪陷的氣息，讓她低低垂首面如紅霞。

「大王，我乃公關部的部長林投姐，特此參見。」林投姐也有樣學樣地向閻王行禮。

她早有耳聞，閻王較循舊式禮儀，還不少部門長官私下都在惡補。

「哦？妳就是掌事之人？那本王到要來問問妳，為何提出的奏摺名單內全都犯同一種罪——

淫邪之罪。」閻王仔細閱讀林投姐提交的文件，針對不合理處詢問，略有不悅的語氣說道：「本王細想妳該不會只抓男子？妳任公關部部長一職，令本王深感疑慮。」

「這……」林投姐面有難色，不知該如何回答。

的確，她有很長的一段時間……都只抓渣男，其他罪行的亡者，她不是不理就是推給其他的獄卒。

「稟大王，不論林投姐的過錯為何，至少在叫喚地獄這一塊的職務，她倒是絕不循私兢兢業業多年，微臣才考慮讓她擔任公關部部長一職。」展判官神情自若地回答。

墮入叫喚地獄之人的罪行，多是欠下風流債等淫邪之罪，沒有人比她更適合去叫喚地獄了。

「謝謝。」林投姐用非常小聲的聲音，向面前的展判官說道。

想當年她還是當地的千金小姐，因為遇人不淑落下未婚生子的罵名，本以為自己的癡心等待，可以讓對方浪子回頭，但誰知他拿了她的所有錢財一走了之。

她沒有了名聲地位，街坊鄰居都紛紛換了張臉……

她曾經抱著孩子挨家挨戶地哀求，給點奶粉或是各類食物都好。

最後她的孩子還是因為營養不良，死在了她的面前，就算她已經用盡各種辦法讓小孩攝取營養，甚至她自己生前都瘦成骨瘦如材，但是還是沒能讓她的小孩活下來。

萬念俱灰之下……她用盡最後的一絲力氣，選在一棵林投樹上吊，怨念讓她停留在林投樹林，成為當地有名的林投姐。

「小哥，來嘛？跟我去樹林裡去做點刺激又快樂的事。」在漆黑無人的林投樹林裡，身穿一襲白衣的林投姐正在鎖定她的獵物。

夜裡風吹著林投樹，其尖尖的樹葉顯得特別殘忍，沙沙的聲音就像一種哀求，寒冷的溫度是林投姐最熟悉的溫度。

「妳的小孩已經重新投胎轉世了，這一世的父親是個世界名廚可疼愛他了，這下子他可以好好地吃東西了。」前方的男子緩緩轉過頭說道。

林投姐定睛一看，才發現前方的男子穿著紅色古裝，這才讓她意識到此人也不是活人，聽聞他說的話……她止不住淚水，跌坐在地上失聲痛哭了起來，顫抖地說道：「你……說的是真的嗎？」

月光散落著那男子的臉上，端正的臉容，炯炯有神的瞳孔，嘴角一絲微笑，淡定地說道：「我是地府的首席判官，展飛。我說的是真的。」

「太好了……」林投姐流著淚，這下子她可以放心了。

她死後沒見到她的孩子，怨念將她困在這哪也去不得。

「妳呢？怎麼打算？繼續停留在這裡？」展判官露出一抹微笑。

「我不知道……我哪也去不了……」

「本來，妳犯下自殺的罪行，是要一直在此地輪迴遭罪受，但是……」展判官彎下腰向她伸出手，淡定說道：「只要妳跟我回地府，擔任獄卒便可以減輕刑罰。」

林投姐怯怯地向展判官探出手，卻不知怎麼地彷彿感受到手心的溫度，她帶著感激之情道：「謝謝。」

這次林投姐依舊帶著感激看向展判官，為她業務上的過錯辯解。

而展判官只是點頭示意。

「地府要公關部有何用？」閻王向展判官提出了疑問。

「稟大王，主要是方便微臣大賺觀光財，哼、哼。喔、不是，是考慮到目前與天界的關係緊張，而且與西方的地獄也不熟悉，成立這一部門，替地府宣傳宣傳想必也是極好的。」展判官回答道。

「公關部辦事不力，本王欲想廢之。」閻王充滿狐疑的眼神看向杜小花一行人。

「只要把其他的罪人都抓回來，是不是就能讓公關部繼續下去？」杜小花跳了出來說道，這讓眾人都嚇了一跳。

雖然她來這裡的時間不長，但是她很喜歡這個部門。

閻王聽聞只是冷笑一聲。

「閻王大人沒有反對，我就當你答應囉？」杜小花露出燦爛的笑容。

「小花，我很感謝妳……但算了。」林投姐還試圖拉了拉杜小花，希望她別為了自己強出頭，隨後在她耳邊小聲說道：「我落下沒抓來的……真的很多人……」

都怪她把心思放在抓渣男這件事上。

但杜小花並沒有退下，只是淡定的回林投姐，「放心」，隨後走上前向閻王大聲說道：「閻王大人，如果我真的補齊公關部的業務，希望你可以答應我一件事。」

「說。」閻王冷冷地說道，好像完全不當一回事似的。

「我希望閻王大人和我約會！」杜小花鼓起勇氣說道。

反正調戲都調戲了，乾脆不要臉豁了出去！

此話一出，廳堂上的所有人是聽得目瞪口呆，這千萬年來……不少人在閻王廳向閻王卑躬屈膝地請求，死後上天庭抑或是來世投胎去好人家，但今日居然來個奇葩，不是要求減輕罪刑而是和閻王約會……

那當下眾人都覺得杜小花不是瘋了，就是傻了。

「大膽！朝堂之上豈容妳這般撒野！」閻王表情冰冷拍桌怒斥說道。

此話一出，廳內的御前侍衛隨著閻王的臉色作出反應，表情嚴肅地唱道……

威武——

頓時間閻王廳又重回冰冷肅殺的氛圍。

只有展判官露出止不住的嘴角，他千算萬算但沒料到，閻王隨手救下的麻煩精，不僅麻煩還很膽大包天，帶著看好戲般的笑意說道：「稟大王，大王大可答應即可，一來杜小花不會任何仙術、法術，充其量就是個會靈魂出竅的人類罷了，這樣子要插手地府的事務難如登天。」

看來他要先說服大王答應杜小花，多一個麻煩精去麻煩工作狂上司，自己也才可以喘口氣，

打造適合養老的職場環境。

爾後展判官一臉不懷好意，悄悄湊到閻王的耳邊細細說道：「大王啊……要是有個萬一，這約會的意思……也和人間的『勘查』差不多嘛，大王不是一直很想去體驗哥吉拉IMAX的3D版看看，就讓杜小花帶你看嘛，不要理她就好啦，那聲光和音效……不是微臣在說，很值得去看看。」

展判官這一悄悄話講得非常久，廳內的人都屏息以待，但可以感覺到閻王的表情，也慢慢緩和下來。

話已經說出口，杜小花才意識到後悔二字。

每次望著閻王大人，她就會頓時腦波弱全力衝刺。

杜小花滿臉的懊悔，默默在心裡問道：「杜小花，妳這個白癡！這樣閻王大人會不會覺得我是花癡啊？」

閻王廳位居龍座的那人，俊俏的容顏緊蹙著眉頭，手抵著唇細細思考著，不難看出此刻，他陷入了天人交戰的選擇，他微微抬起頭看著杜小花，素淨的小臉，秀氣的五官，和鬼靈精怪般的一雙大眼，他卻忍不住在心中咒罵。

潑婦！當真是潑婦！

本王怎麼會救了個這樣的女子？

罷了，看她身上毫無任何靈力，諒她也起不了任何風波。

隨後閻王露出了一絲邪魅的微笑，語氣透出冰冷的寒意，低沉的嗓音緩緩說道：「倘若辦不到，那便是欺君之罪！」

「大王，杜小花還不熟悉規矩所以瘋言瘋語，請大王不要怪罪於她，起因都是我辦事不周，我會辭去公關部部長一職。」林投姐拚命地替杜小花求情。

「犯了欺君之罪會怎樣？」杜小花嚇得跌坐在地上怯怯地問。

閻王像是勝利者的姿態，起身緩緩地走到杜小花的面前，用手托起杜小花的下巴，傲視群雄的氣勢瞥著她，寒冰刺骨如宣判死刑般的語氣：「打入阿鼻地獄，生生世世永不輪迴。」

杜小花透著白玉珠望著眼前的人，一樣是那樣好看的容顏，全身散發著不容任何人質疑的霸道，充滿誘惑人的低沉鼻息，每一樣都讓杜小花陷得越來越深……

到底是從什麼時候開始淪陷的？

她盯著閻王的眼睛，看著倒映著自己的瞳孔，她突然感覺到閻王並不是個壞人。

一瞬間，從她的心中燃燒起一絲念頭……

帝王之愛，險中求。

這算是這樣她也要轟轟烈烈愛一回，絕不妥協，哪怕全世界皆笑她瘋癲。

杜小花起身向前伸出手，抓著閻王的衣領，用堅定的態度、真誠的雙眼凝視著他說道：「我喜歡你，從第一次見面就很喜歡！所以你等著看，我一定完成任務，讓你乖乖地和我約會！」

閻王整齊的龍袍在杜小花的拉扯之下，掀起一陣波瀾。

那兩人相互對峙卻靠得很近，僅隔鼻尖他望著她的眼神，明白她是認真的。

那一刻……閻王感到胸口微微一顫。

「為什麼我有種被灑狗糧的感覺？」在一旁的多多在這氛圍下，忍不住說道。

「噓——」幾乎是閻王廳內的所有人，都比起了噓的手勢看向多多。

「現在正精彩。」林投姐抱起多多離那兩人遠一點。

片刻，空氣像是凍結了。

「放肆！」而最先出聲的是閻王，充滿怒氣的一聲斥責，他甩開杜小花的手，表情冷冽拂袖而去。

他是永生永世亙古不變的閻王。

他本是無波無瀾的一潭池水，不苟言笑不形於色，如今卻被投入一小石子，起了很淡很淡的波紋……

「哼。」閻王眼角餘光掃過杜小花一行人之後，便去閻王廳旁的暖閣稍作休息，實際上是不太想再看到杜小花。

「那就這樣下達判決了，杜小花命妳在三個月內完成落下的業務，成功的話……公關部繼續運行而林投姐依舊是部長，還外加一次約會。但若妳失敗了……公關部就此解散，而妳便會被打入阿鼻地獄。」展判官飛快地在鍵盤上敲打。

「沒想到……我會這樣……」意識到自己做了什麼的杜小花，又再度陷入懊惱之中。

「喂、新人，妳是認真的？」多多從杜小花的背後走來問道，隨後隨口加了一句，「嘛、妳後悔也來不及了。」

「小花，謝謝妳。妳放心！這不僅是妳的個人幸福，也攸關著整個公關部的存亡問題，大家也會努力的，妳不要有壓力。」林投姐拍了拍杜小花的肩膀。

「喂！應該是要擔心下地獄吧？現在最要緊的是……要趕快讓妳學會一兩個仙術才行！」多多說完深深嘆了一口氣，心想牠只是一名業務啊……

怎麼工作越來越多？這難道就是能力越大，責任越大？

牠的後半犬生又該怎麼辦。

「在這之前我要提醒大家，快要清晨了，杜小花妳該趕快回去了。」展判官正收拾筆電，看了手腕上的錶隨後說道：「這樣吧，我送妳回人間比較快，因為我的退休生活也壓在妳身上了，我很看好妳。」

杜小花不明所以，不懂展判官話中的含意。

不過在展判官的眼裡……能讓閻王三番兩次救她，在閻王廳出奇招又放過她並未怪罪，這已經是奇蹟中的奇蹟了。

從剛剛閻王默認了對公關部判決的結果來看，他就決定押這對CP了。

不知過了多久的白天，陽光照射在杜小花的臉上，曬到皮膚都有熱度的田地，那微微的刺痛感才讓她睜開眼，立馬就是耀眼的光線投射進來。

她花了一段時間讓眼睛慢慢習慣光線，她瞇著一隻眼看著病房牆上的時鐘，那指針顯示下午一點。

原來睡到下午啊……

此時發現動靜的護士，卻匆匆忙忙跑了進來說：「太好了……妳終於醒了！妳知道妳已經睡了三天嗎？」

「蛤？三天？」杜小花也是一臉不可置信，雖然她從地府返回醫院，一回到自己肉體的時候，她感到異常的疲累然後眼前就一片黑……

等醒來的時候卻是三天後。

但她這個病患讓醫院鬧得人仰馬翻，先是超強的自癒能力，再來疑是嗜睡症的毛病，一票醫生和護士帶著杜小花，做過一輪又一輪的檢查，抽血、驗尿、照X光這些基本檢查不用說，甚至還有醫生自費讓她做核磁共振，就是為了要看她的腦波，儼然就是醫學學術上的實驗體，直到一切數值都和正常人沒有兩樣，醫生們紛紛失望地讓杜小花辦理出院。

大學即將開始新的學期，眼看再過幾天就要結束假期，杜小花悠閒地漫步在大學的校園內，走過每一個大專院校都要有的人工池塘，有天鵝在波光粼粼的池水裡玩耍，學校最為特色就屬漂亮的造景噴水池，學校以噴水池為中心點由環形道路包圍，而道路延伸出去分成不同的區域，幾

乎是一個學院就一塊區域。

噴水池周圍的道路兩側，開滿了火紅的鳳凰花，乘載著對畢業生的祝福，還有迎接即將入學的學生們。

豔紅的花瓣把石磚道路鋪成紅地毯，杜小花四周觀望，她總覺得腦海中似乎少了什麼東西卻又始終想不起來。

爾後有人拍了拍杜小花肩膀，她轉過頭看。

「小花，妳什麼時候出院的？」鄭文風莞爾說道，隨後搔了搔頭，左顧右盼小聲地說：「我去醫院找妳，才知道妳已經出院了……」

「學長，謝謝你。」杜小花露出微微一笑。

但她不知道她此時的笑容，卻讓鄭文風感到非常陌生。

陽光明媚的午後，鄭文風斯文的臉龐配上眼鏡絲毫不感到突兀，帶著爽朗的笑容，一身簡單的淺色襯衫和長褲走在積滿鳳凰花的道路上。

在杜小花仰望鄭文風的那一瞬間，她的腦海中似乎有什麼畫面滑過，卻僅有短短幾秒，她想要回想起來但頭卻越來越痛。

「小花？妳臉色不太好……是不是哪裡不舒服？」鄭文風發覺到哪裡不對勁關心詢問。

「我沒事。可能休息一下就好了。」杜小花原本頭痛欲裂，但發現只要她放棄回想就不會有事。

兩人走到一處的校園長椅上休息，四周都是盛開的鳳凰花，可以遮蓋陽光又可以看到前方的噴水池。

「學長，今天怎麼在學校裡面閒晃？」杜小花好奇地詢問。

「我考上研究所了，今天是來學校報到，順便來找指導教授的。」鄭文風淡定又從容笑著。

「真的啊？恭喜你，學長。」杜小花轉為崇拜的眼光看著鄭文風。

「說好的，如果我考上妳要請我吃飯。」

「應該是考上的人要請客吧？怎麼是我要請？」

「好啦，改天……我請妳吃飯。」鄭文風笑得燦爛。

但是他總覺得……在他身旁的人實際上離他很遠很遠。

片刻，鄭文風正思索著該怎麼圓上一次的對話，感覺小花應該什麼都沒看到，卻又很陌生笑著祝福他和別人，這樣他很難再解釋下去，問什麼、說什麼好像都不太對。

至少他還想和杜小花，這樣相安無事的相處下去，一種若即若離的距離，他想或許時間久了，他就會明白自己的心意了。

「小花……我……」鄭文風正努力地思考著該怎麼解釋。

沒有等鄭文風說完話，杜小花則是興奮地指著前方：「學長，你看噴水池！」

圓形區域的水池周圍有十二石柱環繞，在每天的整點時候會準時噴泉，每一根石柱都會灑水，而中心的水池會湧出滾滾的噴泉，高高揚起的水柱，替夏季的悶熱空氣帶來水氣，讓每一個

路過的人有些許涼意。

此時鄭文風站起身大聲說道：「小花，我現在是單身！不管妳看到什麼或聽到什麼……總之我現在是單身！」

只見杜小花噗哧笑了一聲，隨後笑道：「學長，好華麗的單身宣言啊。」

鄭文風疑惑之際隨著杜小花的目光，看向背後的噴水池，才明白噴水池的上方出現了小小的彩虹，這要天氣非常好還有一點運氣的時候，才看得到的自然景象。

「我……我、唉，我該走了，我等等晚點還有約。」鄭文風哭笑不得，看著被噴水池奪走所有注意力的杜小花。

「嗯，學長掰掰。」杜小花還在注視著，不知何時會消失的彩虹。

鄭文風離開了幾步，看著散落滿地的豔紅花瓣，心裡想著……

每次只要走個三步，杜小花一定就會像往常一樣追上來，然後細問我何時可以吃飯，接著直接和我敲定時間。

一、二、三……咦？怎麼沒有任何反應？

等著鄭文風都快走到校門口的時候，都沒有人追上來也沒有聲音叫住他，他才不信邪地回過頭看，發現遠遠地那人影還坐在那。

他才感覺那個傻學妹，不再傻傻跟著他的後面，要不然他不會連她何時出院都不知道。

她也不再追尋著他的目光，今時今日……反而是他在追尋著她的目光。

此時他的內心深處，有股失望感慢慢地滿溢出來，和上次醫院杜小花祝他幸福的時候一樣，不過他每一次都選擇了忽略。

# 第六章　習得仙術

杜小花看著噴水池的上方，彩虹慢慢消失的時候，才發現對面的一排鳳凰木，似乎有什麼黑影在到處跑動，仔細一看，半邊的柴犬臉從樹木旁慢慢露出來，正用犀利的眼神朝她的方向注視著。

盯——

那眼神好像是她做了什麼壞事一樣。

杜小花才走到多多面前說道：「前輩，你幹嘛這樣看我？」

「剛剛那個男的是誰？」多多用非常嚴肅的表情盯著杜小花，隨後像似想到什麼一樣，一臉驚恐地說道：「妳該不會……白天撩一個，晚上撩另一個吧？」

然後其中一個還是閻王大人……

天吶，看她憨頭憨腦的……沒想到是高手高手高高手啊！

後生可畏啊後生可畏，嚇得牠的狗毛都要豎起來了。

「不是啦，他只是我的一個普通學長啦！」杜小花解釋道。

「真的嗎？」多多一臉懷疑地看著她。

「真的啦！」杜小花隨後說道：「對了，前輩怎麼在這裡？」

「喔，我來通知妳，晚上要去公關部一趟喔。我要教妳一些仙術，要不然妳無法做公關部的業務。」多多講著講著又陷入苦惱，牠明白眼前的人根本就不清楚，自己答應了什麼不可能的任務。

「為了閻王大人，我會努力的。」杜小花雙手握拳。

「不是為了別下阿鼻地獄嗎？」多多目瞪口呆地看著她。

難道她以為閻王真的不會對她怎樣嗎？這迷之自信啊……

夜晚，杜小花在宿舍洗完澡後，換上簡便的睡衣，就在床上等著多多的到來，想著多多會怎麼來到她的宿舍。

從三樓窗戶飄進來？

還是直接穿牆進來？

而時鐘到午夜十二點的時候，從門口傳來了「叮咚」的門鈴聲，正納悶著這個時候會有誰來找她，打開一看結果是多多在門口。

「沒想到是按門鈴啊。」杜小花讓多多進來。

「幹嘛？紳士可是會按鈴進來的，不會從窗戶來更不會穿牆。」多多說道。

「來，這個給妳。」多多不知從何處叼來一罐東西，緩緩說道：「上次妳回去，不是睡了

三天嗎？那是因為妳的靈力真的太弱了，靈魂雖然可以長時間離開肉體，但是多少還是會有影響。」

「這是什麼？」杜小花看著那一罐東西，打開瓶蓋裡面是一顆顆黃色的藥丸。

「靈力B群。」

「所以簡單來說就是維他命。」

「不一樣好嗎？一般的B群只是增強免疫力，這罐靈力B群不只可以免疫力變好，還可以增加靈力、對阿飄的敏感度變更好，還沒有任何副作用。正常的人類只要吞入小小一顆，立馬變陰陽眼我跟妳講。」多多說的天花亂墜，叼出目錄緩緩說道：「這罐原價399，同事一口價算妳199就好，三罐一起買享九折優惠，現在立馬訂購還給妳優惠券。」

「我還要付錢嗎？」杜小花看著多多。

「廢話！錢拿來，不買妳就再繼續睡三天。」

杜小花思索了半刻，緩緩說道：「那我是用紙錢燒給你嗎？」

「我要台幣啦！北七！」多多一臉暴怒，露出鋒利的牙。

「好吧……」杜小花考慮到之後就是大學開學的日子，不能每次回來都狂睡，只好乖乖付錢。

杜小花和多多跟著上次的路線搭蜈蚣自強號，算她運氣好，在宿舍附近也等得到蜈蚣自強號甚至更近。兩人經過一個多小時的車程，接著二十分鐘的走路，終於來到公關部的辦公室，不得不說以上班的路線算是遙遠的。

杜小花小心翼翼拿出員工證要刷卡進門，抱著忐忑不安的心情，畢竟她一個新人，第一天就做出了這麼驚天動地的事情，就算林投姐和多多對她不會怎樣，但是其他的部員卻很難說。

一開門，裡面就傳來歡呼聲。

這讓杜小花整整愣了三秒，裡面的人好像完全不受……部門可能被解散的影響。

「小花，妳來了啦。告訴妳一個好消息，玉山小飛俠們這次也願意幫忙了。」林投姐手中還拿著可樂瓶，悄悄地和杜小花說：「我告訴妳……玉山小飛俠一個人可以抵十個人用，現在三個人都願意幫忙，等於三十個人的人力。」

杜小花看著辦公室的公用大桌上，擺滿了各式各樣的食物，PIZZA、炸雞、薯條、漢堡、可樂、各式汽水等等，但仔細看看裡面還混入了奇怪的食物，那就是客家菜包和客家擂茶，不用想也知道出自誰之手。

此時眼角餘光才注意到，在辦公室的一處角落，有三個穿著顯眼且覆蓋全身的黃色雨衣，帽簷拉得極低，已經完全看不到臉的地步，三人都一手拿著客家菜包，一手拿著可樂一動也不動坐在那邊。

「那三人啊……就是玉山小飛俠，他們幾乎都不講話，卻超愛吃人面魚阿婆做的客家菜包，專長是在玉山給登山客指錯的方向。」多多看著杜小花的目光知道她在好奇什麼解釋道，「八成是……如果公關部解散，他們就吃不到人面魚阿婆做的菜包了，所以特地跑來幫忙吧。」

「嗯……既然都吃了客家菜包，為何是配可樂？」杜小花不禁感嘆，原來還有這種都市傳說。

「妳的重點是這個嗎？」多多答道，「總之……別小看他們三個，他們的靈力八成是這間辦公室最強的。」

杜小花在辦公室裡東看西看，不小心和一個人對上了眼，對方露出了微微一笑，仔細一看便是公關部所有海報上，都會出現的那個女子——紅衣大女孩，喔、不是……

是紅衣小女孩，才對。

而人面魚阿婆就站在紅衣小女孩的背後，魚眼正死死瞪著那背影瞧，盯到魚眼都佈滿了血絲。

「我勸妳別靠近那邊……那邊是女人的戰爭。」多多說道。

「有……我感受那怨氣飄散過來了。」

整體來說部門現在很歡樂，絲毫沒有任何擔憂的樣子，杜小花心想可能這些都市傳說，本來就我行我素的吧。

「你們在聊什麼？趕快來這邊吃一吃吧。」林投姐很熱情招呼他們，看著杜小花片刻之後說道：「啊，小花妳放心。妳現在是半仙，吃這些東西不會怎樣的。」

杜小花和多多便享用起桌上的食物，她先是驚訝於沒想到那客家菜包這麼好吃，雖然她完全不想知道人面魚阿婆是怎麼做的。

眾人吃飽喝足之後，三個玉山小飛俠們是圍在一起，不發一語，不知道在幹嘛。

紅衣小女孩在練習走貓步，人面魚阿婆則是一邊清理桌上吃剩的殘渣和垃圾，然後帶著羨慕嫉妒恨的眼神，盯著紅衣小女孩看，而林投姐則是和其他辦公室跑來的獄卒們玩起了桌遊。

「公關部還真悠閒吶……」杜小花忍不住感慨。

「妳可不行，來吧。開始進入學習仙術的環節。」多多說著說著，又不知從哪裡叼來一個盒子，裡面有精美的三副牌組。

只見多多屏氣凝神，那三副牌立馬自行洗牌、切牌、然後工整地排成三排在桌面上。

「哇……真厲害！前輩，真的是一隻有靈力的柴犬耶。」杜小花忍不住驚嘆道。

「開玩笑，這些都是小CASE。」多多得意地說道，「來！妳先從左至右用左手，各抽一張牌，我再慢慢解釋這些涵義。」

杜小花小心翼翼地照著多多的話，慢慢從三副牌組中各抽出一張卡，共抽出了三張。

第一張牌的背面花紋很像塔羅牌，第二張牌的背面很像是撲克牌，第三張背面只是單純黃色的牌。

多多一一翻開這些牌的牌面，然後每翻一張就搖頭一次。

但杜小花倒是滿喜歡這些牌的，第一張的圖案是一顆愛心長了翅膀，第二張圖案則是一條紅緞帶，第三張牌只有一個字『咒』。

「哎呀，小花適合學結緣的仙術啊？還只要唸咒語就可以了。」桌遊中場休息的林投姐好奇跑過來看。

「咦？真的嗎？」杜小花突然信心大增。

「難怪月老會和妳簽約。」林投姐莞爾一笑。

「這些牌呢……是告訴妳，妳適合學習怎樣子的仙術，第一副牌是告訴妳性質，第二副牌是告訴妳需要的道具，第三副牌則是使用仙術的方式。」多多緩緩地解釋道，「所以妳的性質是結緣，需要的道具有月老加持過的紅緞帶，使用方式念咒語就可以了。」

「原來如此……那如果我想學攻擊用的仙術該怎麼辦？」杜小花好奇詢問。

「只能等靈力提升之後再抽一次牌，反正不照牌組提示那樣做，是一定學不會的。」多多接著說道：「嘛、很多人都抽不到自己想學的仙術呢。」

「結緣吶。」杜小花若有所思，雖然這是她想要學的仙術，但不知道對公關部的業務有沒有幫助？

她便隨口問起：「部長，可以讓我看看公關部落下的業務文件嗎？」

「好啊。」林投姐便帶著杜小花來到一處小房間，裡面堆滿所有的文件，整個房間都被塞滿滿的。

「呃……」杜小花被這場景嚇到了，她突然覺得部長會被閻王大人換掉，好像不無道理。

「怎麼了嗎？」林投姐問。

「我想看看有沒有什麼……結緣仙術可以幫得上的案子。」杜小花便開始埋在文件山裡面，大部分都是幫忙勾魂來地府審判，要不追蹤受審人在地獄服刑的狀況，好宣傳地府的剛正不阿等等之類的案件，或是在人間使用仙術，宣揚現世報以及地府審判觀念等等。

基本上林投姐只處理渣男勾魂，還有假藉宣傳地府之名，與西方其他公家單位舉辦聯誼活動

等等，所以案件才堆積如山，不過渣男勾魂那塊的完成率，倒是百分之百。

「我也來幫忙找找吧。」林投姐是深受感動。

「妳們在忙什麼？」多多跟在她們背後好奇詢問。

「找可以用結緣仙術解決的案件。」杜小花回道。

多多思索了片刻，也開始走進房間用狗耙子，挖著文件山直達深處，大概過去了十分鐘之後，聽見多多高喊一聲：「有了。」

待多多鑽出來之後，眾人跟著端看那文件，上面幾行大字『現世報判定的相關適用名單』，多多則緩緩說道：「可以利用結緣的方式，讓那些人受到刑罰，還可以不知不覺向人間，宣揚現世報的概念，利用這種方式比我們直接用仙術好得多。」

「比如說？」林投姐在一旁好奇地旁聽。

「例如……讓霸凌者愛上他當初的霸凌對象，或是讓玩世不恭的夜店咖愛上恐龍妹等等之類的。」多多說道。

「等等……這樣那些受害者也太可憐了。」杜小花立馬投了反對票。

「不、妳放心，妳那個只是結緣並不是絕對的姻緣，那些受害者有十足的權利選擇要與不要，不是每個人都只能選擇原諒，現世報罰的是做錯事的人，而不是折磨受害的人。」多多用一種充滿智慧和老成的口氣說著：「是熬成孽緣還是新的姻緣，全看當事人是否意識到自己的過錯。」

「反正上面提供的名單，那些人是無法二次傷害受害者的。」多多說得斬釘截鐵。

「你怎麼這麼肯定啊？」杜小花問。

「小花，妳有聽過『舉頭三尺有神明』嗎？」林投姐向杜小花解釋。

「有啊。」杜小花回答。

「那個充當監督的神明，目前是人面魚一族幫忙的，還三位看一個人並且全天候監督。」林投姐笑著說道。

「我好像懂了……」杜小花光是想像那畫面，都不免臉色鐵青。一位人面魚阿婆在自己的背後，看自己有沒有改過向善已經夠恐怖了，還一次來三位。原來是舉頭三尺有人面魚阿婆，好一個現世報專案，真夠狠的。

「那……如果……受害人剛好是客家人的話……」杜小花好像想到什麼，好奇問了一句。

「那他死定了。」多多和林投姐同時異口同聲地說。

整個公關部做了簡單的開會後，就決定執行現世報這個專案，還可以順便和宣傳地府相關的專案合併，大家做了簡單的分配。

林投姐負責資料分析與開會，判定現世報名單的人目前的罪行，與實施現世報之後的後續

追蹤。

玉山小飛俠則是強盜、殺人、搶劫、放火等等重大罪刑，等罪犯勾魂的工作全都包了，反正不適用這個專案的，其他案子由他們處理，沒想到如此吃重的工作量，他們三人非常豪邁地答應，唯一的要求就是……從此以後開會討論都要有客家菜包。

人面魚阿婆則是聯絡眾多的，人面魚婆婆媽媽們充當調查員，她們一聽到工作內容，都興奮地以為是做零零七的工作，都欣然答應甚至還有點躍躍欲試。

再來是多多與紅衣小女孩，多多負責所有的文件和書面報告，而紅衣小女孩主要負責宣傳海報、月曆等拍攝工作。

此時大家圍在杜小花和多多的身邊，進行最重要環節也是整個專案的核心，學會結緣仙術。

「聽好囉，只要跟著牌組的指示做，就很容易學會仙術。」多多又叼出一條紅緞帶，隨後說道：「月老加持過的紅緞帶，我這裡剛好有一條但之後要和月老要，所以現在最要緊的是……妳要想好，妳要唸什麼咒語。」

「蛤？咒語是我自己想的嗎？不是唸什麼……古老又神祕的愛情咒之類的。」杜小花驚訝地說道，突然要她自己想咒語，她頓時之間腦袋空空。

「小花，妳有聽說過『言靈』這個東西嗎？古時候的人認為，人的語言有著不可輕視的力量，所以不可隨意許下誓言或詛咒他人，因為那便是咒語的起源。」林投姐緩緩地說道，難得她可以在全員到齊的時候秀一波。

「用科學的角度解釋，語言也有『自我應驗預言』等等的心理暗示。」多多接著補充道：「所以妳自己想的咒語，威力才是最強的。」

「那大家的咒語是怎樣的呢？」杜小花決定聽聽別人的咒語是怎樣，再想自己的方向。

紅衣小女孩和人面魚阿婆都搖搖頭，表示她們抽到的牌是結手印，所以不需要唸咒語但要比手勢就是了。

玉山小飛俠則是拿出，他們當初抽到的牌，第一張圖案是三把寶劍，第二張的圖案是三件黃色雨衣，第三張則寫了心電感應。

「心電感應到底是什麼啦？」杜小花突然很想看看那三副牌組，到底有那些圖案。

「嘛、我到覺得他們抽到超屌的牌，攻擊型的仙術只要穿著雨衣保持沉默，就可以使出合體連續技。」多多解釋道。

「那前輩當初抽到什麼牌呢？」杜小花突然有點好奇多多的牌。

「哼、哼……三張都是空白卡喔。」多多說得相當得意。

「空白？不就是沒有嗎？」杜小花回道。

「那是最強的組合喔，整個陰曹地府只有大王、展判官、多多三位有而已，意思是『任選』，看你要學哪種仙術、要用什麼道具、要什麼方式，全部通通都可以。」林投姐跳了出來解釋道。

「但是我還是有自己的咒語喔。」多多興奮道，正歡快地搖著狗尾巴，一臉賊笑地說：「想

聽嗎？」

眾人都點了點頭。

多多眼神閃耀著耀眼的光芒，伸出狗掌，嚴肅地緩緩說道：「吾乃漆黑的墮天者，爆裂吧！真、星爆氣流斬！[6]」

「……」眾人面面相覷。

「你這根本就是中二病吧？這麼丟人的咒語我才不想要！」杜小花一臉不可置信。

「會嗎？我覺得很帥啊。」多多回答道。

「太中二了，不要不要。」杜小花只好將目光投射到林投姐的身上，「部長，那妳有好主意嗎？」

「嗯……我的確也是攻擊型的仙術，抽到的牌也是要唸咒語的。」林投姐說道。

「真的嗎？太好了，總算可以聽聽正常點的咒語了。」杜小花像是找到救世主一樣。

「我的道具是摺疊傘，然後咒語是……去去武器走……[7]」林投姐怯怯地說。

「……」眾人又再次面面相覷。

「這不是哈〇波特裡面的台詞嗎？這也行嗎？」杜小花忍不住吐槽。

---

6 是日本輕小說《刀劍神域》主角桐人持雙劍「闇釋者」、「逐闇者」時所使用的招式。而原本日文小說並無漢字名稱，為台灣角川譯者周庭旭將其翻譯為「星爆氣流斬」。

7 為《哈利波特》系列電影裡的咒語台詞，該電影根據作家J・K・羅琳所著同名小說所改編。

天吶……這個部門到底是怎麼回事？

看來……咒語似乎不用很正式。

「所以我都講得很小聲啊……」林投姐一副很不好意思說道。

「部長！咒語這種東西就要大聲勇敢說出來！」多多說道。

在一旁觀看的其他人漸漸覺得，沒有抽到要唸咒語真是太好了。

「啊、我想到了一個絕佳的咒語了，很適合我呢。」杜小花高興地說道。

「喔？那真是太好了，這樣就可以進入下一個環節了。」多多突然正經地說，把道具和練習用的人偶擺在桌上，「這個是練習的人偶，接下來妳只要看著紅緞帶，想像結緣的畫面然後大聲說出咒語，如果有發生什麼事的話，就是成功使用仙術了。」

「仙術真的有這麼好學嗎？我不用去修練那些的嗎？」杜小花疑惑地問道。

「喔、如果是按照牌組上的提示，就很容易使用。但是如果不按照提示……例如說你不學結緣想換學攻擊型的仙術，大概練到死、修到死都不一定能使出來。」多多淡定說著，「修仙本不難，難的是如何知天命。」

「所以說那三副牌算是一種外掛，是吧？」杜小花回答。

多多點了點頭。

「所以來試試看吧？」多多示意杜小花靠近桌邊的練習用人偶。

杜小花跟著多多的教學看著紅緞帶，努力幻想著結緣的畫面，她看著緞帶覺得和月老的紅

線，有異曲同工之妙，心想既然是要結緣……

那就在這兩個人偶的手上，打個結代表結下這個緣吧。

此時她才意識到，她已經微微漂浮在半空中，而那一條紅緞帶也跟著漂浮起來，還帶點些微的金黃色光芒。

「趁現在快大聲唸出咒語。」多多見時機成熟大聲喊道。

杜小花在心裡決定好了要唸的咒語，鼓起勇氣大聲喊：「霹靂卡霹靂拉拉，波波力那貝貝魯多！[8]」

剛唸完咒語，紅緞帶就自行在兩尊練習人偶的手上，打成一道蝴蝶結然後就憑空消失了。

「……」眾人已經不知道該不該吐槽。

「北七逆，妳這個北七！還敢笑我咒語中二！妳的是有好到哪裡去！」多多顯得異常憤怒，狗毛都豎了起來還散落一地。

倒是林投姐一臉釋懷的表情，用誠懇的目光握住杜小花的手緩緩說道：「謝謝妳，我可以大聲地喊出咒語了。」

「部長，這個道謝讓我有種好討厭的感覺。」杜小花回答。

---

[8] 為《小魔女DoReMi》劇中的咒語，是日本由東映動畫製作的日本魔法少女動畫影集，於一九九九年在朝日電視台播出。

經過一晚的折騰……杜小花也順利學會了結緣仙術，剩下的就是好好地睡個覺休養幾天，然後去和月老要一點加持過的紅緞帶，以她現在的靈力，用沒有月老加持過的紅緞帶，一點反應都沒有，反正公關部的其他同仁，也是需要一點時間要調查，現世報專案的甲方和乙方。

杜小花好不容易在清晨來臨之前回到宿舍，一回到肉體還是那種異常疲憊的感覺，眼皮重的完全睜不開，在陷入如同昏迷的狀態之前，她吃力地吞下幾顆靈力B群。

次日，不出所以然她睡過頭了，直接蹺掉了第一節課，不過她還是渾身疲憊的下床準備出門，一路上騎機車的時候哈欠連連，雖然靈力B群是真的有效，不至於直接睡三天，如果要早起上第一節的課，還是相當有難度。

開學第一天因為她遲到了，所以看不見喧鬧的校園，只能在教室的外圍遊蕩，等待第二節課的鐘聲響起，好讓她偷偷混進去。

但她很快發現這學期來了個新老師，就是她不小心蹺掉第一節的化學課，她才發現新的化學老師，皮膚白皙，長相斯文，講起話來溫文儒雅，看起來就不像是學化學的，左邊的眼睛眼角處還有一顆淚痣，尤其笑起來的樣子和某個人有些相似……

突然有個人影在杜小花的附近，並且敲了一下她的頭笑道：「開學第一天，就遲到。」

杜小花轉過頭驚訝地說：「學長，你怎麼在這裡？」

「妳知道這個新來的化學老師嗎？」鄭文風詢問。

「不知道。」杜小花搖搖頭。

「杜晉臣，新來的助理教授，專門研究高分子合成，也是我的指導教授。」鄭文風指著教室內正風趣授課的老師，隨後露出微微一笑道：「學妹，我可是這節課的助教。」

「學長，你是助教啊？」杜小花不可置信看著眼前的人。

不過，她總覺得這個新來的老師和學長很像。

「課業上有問題可以儘管來問我。」鄭文風點了點頭。

帶點些許涼意的微風，輕輕從窗外吹拂進來教室各處，透著外面一片的綠意，杜小花看著眼前的人，他的微笑明明是那樣的清新，但她內心卻湧出說不清楚的淡淡憂傷。

此時廣大的校園皆響起了下課鐘聲。

「快進去找位子坐吧。」鄭文風催促著。

「嗯。」杜小花便沒有多說什麼，進去了教室找了位子坐。

下課短短的十分鐘，杜小花和同學簡單問候了幾句，主要的內容都是問起她的身體狀況，但知道她一點事都沒有之後，便回到吵鬧的氣氛，也不少女同學趁機談論起新來的化學老師和助教。

「欸、欸，我剛看到妳和助教在交談，妳認識他嗎？他好帥喔……超想認識他的。」坐在杜小花旁邊的女同學忍不住詢問她。

「喔，沒有啦、他只是問我為什麼遲到而已。」杜小花一臉苦笑。

不知為何……她下意識作出了這樣回答，好像她很常被這樣問一樣。

杜小花轉過頭往鄭文風的方向看過去，他的身邊圍了一圈，皆是投以崇拜目光的女同學，望著他和周圍的人談笑風生，她卻對這樣的場景很熟悉。

好像她常常這樣偷偷觀察一樣，雖然她沒有任何相關的回憶。

杜小花懶懶地看著窗外的陽光明媚，不知為何……

她卻開始懷念地府的靜謐夜晚。

# 第七章　月河星君

這一天杜小花上完課和多多約好，去月老廟找月老，目的是要加持過的紅緞帶，她還特地帶了一大包的紅緞帶要拿去加持，一人一犬約在杜小花的宿舍附近。

「真拿妳沒辦法，沒有我，妳就完成不了什麼事。」多多搖著狗尾巴，很無奈的說道。儼然就是一隻傲嬌的柴犬。

「是是是，前輩那就拜託你了。」杜小花沒好氣配合多多演起來，隨後問起：「話說是哪裡的月老廟？」

「就在這附近喔？走路就可以到了。」多多笑得燦爛。

「這附近有月老廟？我怎麼不知道？」杜小花心想來這裡讀書這麼久，我怎麼都不知道有月老廟？

「唉、真拿妳沒辦法……」多多話還沒說完，就突然非常正經的神情，嚴肅地說道：「等等，有可疑的男人味……」朝杜小花的後方盯著看。

盯——

「小花，妳怎麼在這裡？真巧？」鄭文風走上前打了聲招呼。
「啊，學長真巧啊。」杜小花也投以禮貌的招呼。
「妳什麼時候養狗，我都不知道？」鄭文風彎下腰伸手摸了摸多多的頭，隨口問道：「這柴犬叫什麼名字？」
但杜小花卻是一臉的尷尬，因為此時多多正在大喊著：「喂！男的還給老子摸頭殺幹嘛。」
「呃……學長，你有聽到這柴犬在說什麼嗎？」杜小花發問。
「什麼意思？不過妳養得狗很有活力，一直在對著我叫。」鄭文風回答。
「呵呵……這是多多……牠很怕生……」杜小花只好無奈呵呵笑道。
原來學長聽不懂多多說的話，那真是太好了。
「多多啊，真是個可愛的名字，很有妳的風格。」鄭文風搔了搔頭，不好意思地說。
而多多卻露出死魚眼，看向這兩個人。
盯——
那種表情就好像……杜小花現在做了什麼見不得人的事情。
「呃……學長怎麼會在這邊？」杜小花下意識撇開了多多的視線。
「我剛好經過這裡，想說能不能碰到妳，正巧就被我遇到了。」鄭文風親切地笑道。
「那……還真巧。」杜小花有點不太好意思地回答。
「今天有空嗎？」鄭文風詢問。

「沒空。」多多在一旁旋即幫腔回答，雖然鄭文風根本就聽不懂牠說的話。

「我、我……」杜小花感到一片混亂。

「那、之後等妳有空也可以，我知道一家很有名的餐廳，想帶妳去吃吃看。」鄭文風說得很誠懇，姿態從容又笑容迷人。

「喂！新人，妳要是膽敢同時撩兩個，下場就不是阿鼻地獄那麼簡單，大王可不是那麼好應付的男人，到時有妳好受的，可別說我沒提醒妳。」多多在一旁吶吶道。

「我、我……學長，對不起，這件事之後再談好嗎？我現在剛好在趕時間。」杜小花不知道該怎麼應付這狀況，只想趕快逃離此處。

眼前的人總讓她有種胸口發疼的感覺。

「喔……妳在忙啊。」鄭文風臉上的表情露出了失望二字。

「嗯。」杜小花笑了笑點點頭，便和多多快步離去。

只剩下鄭文風一個人傻站在街口處，癡癡地盯著杜小花離去的背影，令人不勝唏噓。

他為了巧遇她，不曉得刻意在這街口晃了多少次。

自從他去醫院看望她之後，他總有不安預感，好像……

杜小花不再喜歡他了。

每當有這念頭產生，他都會這樣告訴他自己，不不不……這是不可能的。

鄭文風下意識地搔了搔頭，自言自語道：「除了我，憑妳還能喜歡誰？」

然而在附近的一根電線桿上，高壓電線上停留了兩種鳥類，一隻是烏鴉另一隻則是罕見的老鷹，那老鷹氣度高貴其毛色烏黑亮麗，而眼神又極其尖銳，站在烏鴉的旁邊顯得十分巨大。

「哼，見異思遷。」老鷹語氣相當鄙夷，沒好氣地說道。

「稟大王，不覺得重量不太平均，電線都有點下垂。」一旁的烏鴉回答。

「本王不化成大雕已經很好了。」老鷹凶狠地盯著烏鴉看。

「大王，公關部已經向地府遞交了補救方案，利用現世報專案既可處理犯人，又可向人間宣揚善惡之道，一舉兩得。」烏鴉語氣恭敬地說道。

「遲了。」老鷹用淡漠的口氣，但眼神中卻看得出嚴厲之味。

「大王，微臣有一事不知該問還不該問。」

「無妨。」老鷹冷冷地睇了烏鴉一眼。

「大王是否很在意杜小花？」烏鴉怯怯地問道。

「哼，胡說。本王是想看看她如何下阿鼻地獄。」老鷹冷淡地說著。

「大王已經化成老鷹觀察她兩天了。」烏鴉緩緩地說道：「這……地府的事務快要堆積如山了。」

「知道了，本王會回去。」老鷹只是隨口應了這一句。

片刻，那烏鴉和老鷹在電線杆上，皆化為一縷黑煙隨風消散，失去重量的電線又回到原本的位置，好像那邊沒有什麼東西駐留過。

而杜小花和多多在前往月老廟的路上，越是靠近月老廟就慢慢湧出人潮，走過古色古香帶有復古風的小區，在一條小巷子的盡頭，發現了被人群淹沒的月老廟。

「沒想到，這裡居然有月老廟。」杜小花不敢置信。

她抬頭張望，雖不是大甲鎮瀾宮那種的大廟，但小而精美，整體是一片喜氣洋洋，由紅色構成的飛閣流丹。

而眼前黑壓壓地一片人群，每個人拿著香、提著供品，朝月老的大廳排隊要拜拜。

「這家月老廟很靈驗喔，誠心請求，都能順利找到能步入禮堂的另一半。另外……我是被這家月老廟的廟公收養的喔。」多多一臉幸福與奮地笑道。

「哦。」杜小花好奇地到處走走。

在杜小花四處張望的時候，一不小被拜拜的人潮推擠，一路向大廳內部前進，她想擠出去卻擠不贏各路癡男怨女，只能隨人潮參拜然後從另一側的門口出去透氣。

而多多也早已不知去向。

待杜小花終於進了月老廟的大廳，眼前的景象卻讓她大吃一驚。

月老廟的廟公老伯，正仔細告訴參拜的人潮該如何參拜、該如何和月老訴說自己的擇偶條件。但所有的人都沒有看見，在擺滿了供品的供桌上橫躺了一個人，由於那人的形象一看便明白那並不是人。

銀白色的長髮如銀河般流淌其身，傾國傾城的容顏，眉眼處染有淡淡的嫣紅，比女人更加撫

媚，一襲大紅色寬鬆又飄逸的古裝，先是露出白皙的脖頸，大方敞開的胸膛其膚如凝脂，若隱若現的精實肌肉，體態優美的線條，完美的人魚線沒入長袍中，如喝醉般的姿態優雅地躺著。

那美男正慵懶地拿著身邊的供品吃，那妖嬈的姿態既玩世不恭又迷人。

杜小花整個看傻眼了，和閻王大人那種霸道的氣息完全不同，但絕對也是少數的絕色美男，只是比女人更加豔麗和風情萬種。

比起來地府的孟娘簡直不值一提。

「妳看得到我？」美男發現了杜小花的視線率先發問，嘴角露出了迷人的微笑。

杜小花不知對方是何方神聖，不敢斷然發出任何聲響，假裝自己沒看到他也沒聽到他的問話。

「喂！我在問妳話呢。」美男見杜小花沒有任何反應，便飄浮在半空來到她的面前。

絕代風華的美男在杜小花的面前飄阿飄，銀白色的髮絲散落在半空中閃耀著，她望著那容顏正在慢慢靠近自己，還有更要命的是那是要穿不穿的紅色古裝，此時此刻那美男飄浮的狀況，就和半裸著上半身沒有任何兩樣，這讓杜小花很難控制自己的眼睛。

「奇怪了……這張臉好眼熟喔，好像在哪有看過。」美男離杜小花靠得更近了，還仔細打量著她，發現她正緊張地豎起肩膀，不自覺雙手抓著衣服的衣角。

這個動作讓他腦海起閃過一絲畫面……

紅梅樹下，一張小家碧玉面容的佳人正輕輕喚著：「月河……」

那人一緊張也會抓著衣角……

他便懷念地露出迷人的微微一笑。

眼看那美男一直盯著杜小花看，越靠越近就算了眼神還越加迷離，最後居然露出了要不得的微微一笑，她的下意識撇過四目交接的時候，眼角的餘光又不自覺地往敞開的衣裳深處瞧。那男性的雄偉一覽無遺。

這徹底打破杜小花的防線，只見兩行鼻血非常不爭氣地噴了出來。

這讓杜小花腦袋發熱一昏，眼前一黑，似乎有聽到廟公老伯正在呼喊著。

「小姐！小姐！妳有怎樣嗎？」

接著是人群的一陣騷動，這是杜小花昏倒前聽到的聲音。

等到杜小花再次睜開眼的時候……多多在一旁用非常不可理喻的臉色看著她。

「前輩，我……剛剛、剛看到一個……超級美的美男子，他、他……」杜小花語無倫次地，描述剛剛她看到的人。

杜小花仔細看才發現，她被眾人抬到廟裡的客房裡休息，裡面是簡單的擺設，但東看西看就發現……那美男居然也在房間內還和她招著手。

一想起剛剛香豔刺激的畫面。

原本塞在杜小花鼻孔裡的衛生紙，又被新的鼻血染溼並且一併噴出。

「妳怎麼不噴鼻血，噴到直接去地府報到算了。」多多沒好氣地說道。

大約又過了兩個小時，杜小花才覺得她鼻腔內的血小板，終於發揮功效不再血流如注，好不

容易她才逃過車關這個死劫，難道就要因為見到美男，噴血噴到貧血而亡？

古有云『色字頭上一把刀』說得還真是沒有錯。

她強忍著極大的不適，睜開眼坐起身，在心中不斷默念『色即是空、空即是色』，不知道是不是她是半仙的關係，這樣唸一唸突然就平靜了下來，心如止水。

「連月老妳都有非分之想，妳到底懂不懂節操二字？」多多斜眼看著杜小花，感到不可理喻。

「月老？前輩你在說什麼啊？」杜小花歪著頭看著多多，摸不著頭腦。

此時那一美男端著茶飄了進來，但茶杯其實也是浮在半空中，只是由美男在控制著。

杜小花現如今只要看到那美男，就覺得著鼻腔內似乎有股熱流，正蠢蠢欲動，眼看她好不容易止住的鼻血，又要再次噴發。

那美男一個眼疾手快，放下茶杯轉了個身，立馬變成白髮茫茫的七旬老人，一樣的大紅長袍古裝，卻突然變得很合身，面目慈祥，手持綁有葫蘆吊飾的枴杖，也就是民間對月老認知的形象。

「妳這徒兒……還需修身養性。」月老一臉無奈地說道。

「是我的問題嗎？月老也要先學會穿好衣服來吧？我差點斷送在你手中。」杜小花毫不客氣地反擊。

「半斤八兩。」多多忍不住吐槽。

此時眾人聽到客房的門邊，傳來轉開把手的聲音。

「小姐，妳有好一點嗎？」聽到裡面動靜的廟公老伯，走了進來說道。

「有、有，謝謝。」杜小花試圖冷靜回答。

而多多一靠近廟公老伯，就非常親暱地汪汪叫，像是和主人撒嬌那樣，只見廟公老伯用非常寵愛的眼神，輕輕摸了摸多多的頭，像對著孫子的口氣說道：「你要乖乖喔。」

「啊、妳可以休息好再走。」廟公用非常親切的口氣說。

「這哪好意思。」杜小花感到非常不好意思。

這下她才意識到……她剛剛好像是眾目睽睽之下，噴鼻血昏倒的。

喔……天哪，超丟臉的！

「現在厚！天氣很不穩定，熱的時候熱得要死，冷的時候又冷得讓人受不了，小姐，妳要小心中暑捏。」廟公笑著叮嚀幾句。

「好！我會注意。」杜小花在心裡暗自竊笑，看來大家都以為她是中暑昏倒的。

待廟公老伯離開之後，多多一改笑臉馬上用嚴肅的口氣道：「休息完趕緊給我辦正事。」

「來，這是甜棗茶，可以強身健體。」月老對著剛剛他拿進來的茶，呵呵笑道。

杜小花小心翼翼地，拿著燙手的茶杯遞到唇邊，紅棗陣陣清香撲鼻而來，稍稍啜飲一口，甜蜜的滋味悄然而生，那茶的熱度好像一口氣貫穿整個身體，由內而外溫暖了起來但不顯燥熱，她抬起頭來偷偷瞄著月老。

月老好像感受到她的視線，明白她要問的問題便緩緩說道：「剛剛那樣子才是我原本的樣子，這個老人形象只是方便我碰瓷罷了。」

「師父，我老早就和你說了，別用碰瓷的方式拐員工，你看民間都以為你是一位老頭。」多多一副無可奈何的表情說道。

說起這月老本是月河星君，三界之中最美的神祇，千年之前犯了錯才被貶到人間罰當月老。

雖然閻王的容貌在三界也很俊美，但是兩人走得路線稍微不同，一位較陽剛、另一位較為陰柔。

「還有妳！妳這個鼻血半仙！」多多繼續對杜小花吐槽。

「唉唷、我是因為中暑嘛。」杜小花回答。

「好了、好了，以後我就用這個老人家的模樣露面就好了。」月老出來打圓場。

從他還是放蕩不羈的月河星君之時，這天下的女子，為他流的鼻血早就血流成河，所以對於杜小花的反應，他早就見怪不怪。

正所謂月下月宮桃花前，風流星君回眸一笑百媚生。

不過現如今……杜小花也算是他尚未過門的徒兒，還在實習中的結緣半仙，如果每次看到自家師父都要流一次鼻血，恐怕會遭天界非議……

罷了、罷了，看來他還是保持老人家的模樣比較好。

「對了，你們找我有什麼事？」月老用老人家的姿態，坐在長椅上也喝起甜棗茶。

「啊，師父！我們是要請你加持這些紅緞帶的。」多多把公關部的事情，都一五一十地和月老交代，但講到閻王廳的約會打賭時，月老是聽得臉色慘白。

「糊塗啊……糊塗，居然在閻王廳搞這齣，妳真是不要命了。」月老拿著拐杖敲了敲杜小花的頭。

「你不是說這個工作的福利，就是自己喜歡的人自己牽？」杜小花反駁道。

「是這樣沒錯……」月老一臉無奈，因為這有寫進員工契約裡面，當初是為了彌補低薪才想出的福利。

「對阿，所以我選閻王大人。」說完，杜小花比了一個勝利的手勢，緩緩在月老的跟前說道：「而且你還要幫我，因為這是公司的福利。師、父！」

聞言，月老一個雙腿發軟，重心不穩從椅子跌坐在地上，表情驚恐用顫抖著的手指指著杜小花，「孽徒，妳這孽徒！誰不撩給我去撩閻王！」

此時月老已經有點後悔，收了杜小花這個徒弟，他甚至在想……

要是教她更進一步的結緣仙術，還是先教她當一個風流神仙的基本原則。

「我覺得杜小花真的很適合當師父的接班人呢……老的風流，小的膽大。」多多在一旁補刀。

「你！」月老被多多的話堵的說不出半句。

完了完了……此事如果爆了出來，他一定要寫超多書面報告給天界。

改天，他是不是該去閻王那坐坐，給人賠禮道不是。

「來、請幫我加持這些紅緞帶吧，師父！」杜小花臉上堆滿了笑容，雙手捧上那一包紅緞帶。

「妳……」月老看著那一包，他遲早會被杜小花氣出病來。

氣歸氣但這忙還是得幫，但不是為了幫杜小花撩閻王，而是為了公關部的存亡，雖然公關部和他甚少有過交集，但其實公關部的御用模特兒——紅衣小女孩還時常和他請教，如何擺出妖嬈動人的姿態拍照，很多人都不知道，其實他是公關部私下的形象顧問。

沒辦法，單論怎麼施展魅惑大法，三界沒人比他更專業。

只見月老簡單地把手，放進裝有紅緞帶的袋子，隨意的摸一摸繞個幾圈，便把袋子又還給他們，冷淡地說道：「好了。」

「這樣就叫加持嗎？太隨便了吧？」杜小花詢問。

在她心中的加持，應該在祠堂裡點幾柱清香，然後在清香裊裊的祠堂，用不高不低平穩的語氣唸個經書，或是唸個什麼咒語啊天語啊之類的。

「喔、所謂的加持就是過一過，月老身上超強異性緣的氣，所以有碰到紅緞帶就好了。」多多解釋道。

「講個好像月老，就是個行走的賀爾蒙一樣。」杜小花沒好氣地說道。

「妳現在才知道嗎？」多多回答。

「好了，現在加持好了，趕快去辦你們的正事。」月老正一臉的煩惱。

現在這員工契約……簽了，只要杜小花的試用期沒過，他也不能解約。

只能祈禱……杜小花在公關部那邊不要出什麼差錯。

當年他看她為百年難得一見，修練結緣仙術的奇人，他才想方設法騙進公司，結果是個麻

煩精。

想到這月老忍不住搖了搖頭。

杜小花倒是拿著那一包加持好的紅緞帶，心滿意足地大搖大擺走出月老廟，剩下多多還在這邊，本想隨杜小花走出去但想想還是停下了腳步。

「師父，你……還沒死心嗎？」多多有點欲言又止，語氣帶著擔心問道。

待杜小花走後月老又變回美男子的型態，從袖口拿出一直珍藏的簪子，那簪由珠翠雕刻如梅花的形狀，點綴而成，整體極為清麗的一簪子，不難理解為某女子的貼身之物。

「本是我負了她……」月老貌美如花的臉龐，露出了一絲陰鬱，隨後像似下了決心一般，緊握著簪子緩緩說道：「五百年了，我是不會死心的。」

「師父，是打算一直在人間，當月老尋找下去嗎？」多多問道。

「這天下男男女女的姻緣，都掌握在我的手中，我自己的卻由不得自己。」月老無奈地一聲冷笑。

「誰叫師父你欠下太多風流債。」多多回答。

「地府那邊有任何她的消息嗎？」片刻，月老淡漠地問道。

「沒有。」多多疑惑地隨後著說：「五百年來，她的氣息就像消失了，三界都沒有她的蹤影。」

杜小花拿到許多紅緞帶之後，經過了幾日，公關部的成員已經整理好了名單，相關人員也就緒定位，就等這禮拜五準備執行專案，為此杜小花還有加緊去公關部，把結緣仙術再加以熟練，這樣子一來二往，她在平時大學上課時是哈欠連連，尤其是第一節的化學課。

杜晉臣用修長的手指，在課堂上寫著板書，字體整齊優美，用著溫柔迷人的適中語調，耐心地講解一個又一個的化學式。

台下的人聽得是如癡如醉尤其是女同學，自從杜晉臣來了學校之後，不知為什麼學校的名氣大增，除了杜晉臣在高分子領域為權威之外，再來就是那完全不像教授的翩翩姿態，當然他的研究生鄭文風名氣也不遑多讓，才剛來幾個月做的研究就在科學年會中拿下獎項。

「好了……有沒有哪位同學，可以上台寫一下酯化反應的化學式？」杜晉臣微微一笑問道。

台下的女同學個個舉起手，臉上盡是飢渴的表情，甚至還有人想引起這位年輕帥氣的教授注意，清晨五點便起床化妝打扮，也不少壓根就不是化學相關科系的旁人也跑來修這門學分。

杜晉臣看了看教室內的學生，看到坐在窗邊的一位女同學，正打著瞌睡，好像下一秒她就要趴在桌上呼呼大睡，他看了一下點名簿。

「那個……杜小花同學，可以麻煩妳回答一下嗎？」杜晉臣問道。

班上所有的目光，立馬都投射到杜小花身上。

「杜小花？」見沒有人應聲，杜晉臣又喊了一次。

此時杜小花身旁的同學見狀，搖了搖她的肩膀，試圖喚回她的思緒，而她眼一抬，發現全教室的所有人都在看她，裡面還混雜了兇猛的陣陣殺氣，嚇得她立即坐正，不知該做什麼反應隨口「蛤」了一聲，這引來班上不少人偷笑。

「杜小花，可以回答一下酯化反應嗎？」杜晉臣不厭其煩地又講了一次題目。

「酯……酯化反應？」杜小花完全不知道那是什麼，沉默了許久只發出了「呃」的聲音。

這一陣子都在往陰曹地府跑，精神不佳，至於白天到底教了什麼，她沒有印象。

這當尷尬之餘……非常幸運地響起了下課鐘，算是解救了杜小花。

「杜小花，等一下來我的辦公室一趟。」很顯然杜晉臣不打算放過她。

杜小花在心中高喊這下完蛋了，打瞌睡被抓包又回答不出問題，就當大家高高興興地回宿舍休息的時候，她只能垂頭喪氣地，敲響杜晉臣辦公室的門。

「平時在忙什麼？我看妳好像很累的樣子？」杜晉臣倒是很親切關心她的狀況。

「我……」這讓杜小花答不出來，總不能說平常都在忙著修練仙術。

此時門外又響起敲門聲，杜晉臣應了聲「請進」，門外的人便是鄭文風走了進來，一樣是那樣簡單俐落的打扮，很適合站在陽光底下的斯文男。

「老師，學妹怎麼了嗎？」鄭文風看到杜小花正和杜晉臣面談的樣子，便注意了起來關心

問道。

「上課打瞌睡，進度嚴重落後。」杜晉臣語帶擔心。

由於班上的女同學都矛起來讀化學，就連班上的夜店咖都能寫幾行化學式，更顯得一問三不知的杜小花跟不上大家。

「老師，學妹才剛出院難免精神不好，這樣吧……我會找時間輔導她，我保證會讓她追上大家的進度的。」鄭文風像似抓到機會似的做出了這個提議。

一連好幾個禮拜，杜小花都不再像從前那般，也不在他的背後默默地注視，就連他也不知道，她現今的狀況到底是如何。

這讓他有些許的焦慮。

「好，那這個學妹就交給你了，你可別欺負人家。」杜晉臣有意沒意地打趣道。

「我哪會啊。」鄭文風回嘴。

兩人的互動，比起指導教授和研究生之間的關係，更像是兄弟一般，也有點亦師亦友的感覺。

沒過多久杜小花和鄭文風，一起步出杜晉臣的辦公室之後，鄭文風便緩緩說道：「學妹，我看了妳小考的分數，慘不忍睹啊。」

鄭文風拿出杜小花的小考試卷，上面簡直是滿江紅，他搖了搖頭，這考卷試題是他出的，為了讓大家都拿高分，他單純出上課內容而已並沒有出任何難題。

「嘿嘿……」杜小花只是很不好意思地摸了摸頭。

「妳這樣不行，到了期中考該怎麼辦。」鄭文風推了推眼鏡，看了一下錶，片刻像是想到什麼和杜小花說：「這樣吧，今天下午四點在咖啡店，我之後都會找時間幫妳惡補。」

「好。」杜小花羞澀地應了聲。

她有些微的感動……

想想若能和眼前的人兩情相悅的話，算不算是平凡的幸福呢？

閻王大人實在離她太遙遠了，那個當下她是哪裡來的勇氣呢？

不對不對，杜小花妳現在不該想這個，她拍了拍自己的臉，現在可是面臨白天的課程可能會被當掉，晚上的用不好可能會被判下地獄的關鍵時刻啊。

現在時間為中午十二點離下午四點還有段時間，杜小花簡單地在學校餐廳吃了飯，便去圖書館窩著，試圖惡補她落下的進度，無奈任何一個化學符號她都看不懂，耗了老半天終於等到下午三點，這讓她打算先去咖啡店等鄭文風。

杜小花來到那裝潢溫馨的咖啡店，店內陳列著玲瑯滿目的蛋糕，她點了杯冰拿鐵，望著透明光亮的整片玻璃落地窗，幻想著鄭文風走進店內的景象。

但是時間一點一滴地流逝，她都不見鄭文風的身影。

杜小花看著手機上，顯示的時間為下午六點，正猶豫要不要打電話給學長的時候，電話卻自己響起，她立馬接起電話：

「喂？」

「學妹，不好意思……我今天可能趕不過去了，抱歉！下次我請妳吃飯。」

「喔……沒關係啦。」杜小花從電話聽到，另一端的那頭傳來男男女女的嬉鬧聲。

杜小花掛掉電話帶著些微的失落，心想可能學長對她的好是她想多了。

她明白的……

在旁人眼中，她配不上她曾經想過的平凡幸福。

不知為何，從心裡湧出的這些念頭，包裹著名為心酸的糖衣，化為一顆顆沾有劇毒的糖果，正誘惑著她大口吃下。

明明她喜歡的人是閻王大人但眼淚卻不自主悄悄滑落，掉得是無聲無息連她都不明白為何她要掉淚。

此時窗外開始下起了滂陀大雨，這雨來的越大越快，四周傳來嘩啦嘩啦大雨的聲音。

「糟糕……我沒帶傘。」杜小花暗自呢喃，只能在咖啡店等雨停了。

杜小花完全沒有注意到從她進來咖啡店，窗外的屋簷下有兩隻鳥類已經盯了她許久，由於咖啡店的裝潢大多是玻璃落地窗和玻璃門，所以完全看得一清二楚。

「她忘了和學長深刻的過去，身體依舊還記得這種心酸的感覺，想必她不是第一次被忽略了。」烏鴉語帶同情的表示。

「哼，其身不正，可想而知。」老鷹沒好氣地說道。

「其身不正嗎……微臣覺得她只是真話，說的比旁人多了一點而已。」烏鴉淡漠地回道。

這次雄赳赳氣昂昂的老鷹並沒有答話，只是靜靜地注視前方的人。

晚上七點外面的天色慢慢變暗，雨勢都沒有變小的趨勢，氣象預報說著這場大雨，會下到隔天清晨，杜小花心想在咖啡店等下去也不是辦法，乾脆一不做二不休……

淋雨回家吧！反正回到宿舍就可以洗澡了。

杜小花便開始收拾東西。

「啊、她開始收拾東西了，該不會是打算淋雨回家吧？」烏鴉看到便故意提高音量，用誇張的語調說道。

身旁的老鷹還是不為所動，但看到杜小花正要步出咖啡店之時，奮力展開一側的翅膀，一根漂亮黝黑的羽毛緩緩掉落，在半空中幻化為一把展開的油傘。

杜小花在店門口做了預備動作準備衝刺之時，看到天空中有把油傘慢慢落在眼前，她不經意地伸出手，那傘便來到她的手中握著，她愣了愣隨後驚呼：「哇，運氣真好，從天上掉了一把傘。」

她還來不及細想便匆匆撐著傘回去了，也或許是見太多奇異的事，這突然降下的油傘讓她不覺得有多怪異，即便那傘對抗著地心引力和雨水來到她的手中。

等杜小花走遠，在遠處的烏鴉緩緩說道：「大王果然很在意她。」

「沒有。」老鷹冷冷回答。

「大王你有。」

「本王沒有。」

「不，大王你有。」

「夠了。」老鷹冰冷的語氣透著些微的不悅。

「稟大王，微臣聽聞這人間的女子，十之八九都會對渣男舊情難忘。」烏鴉淡定地說道。

「從何得知？」老鷹問道。

「回大王，分手擂台[9]。」烏鴉恭敬地說道，經過這幾日他跟著閻王的行動來看，他根本就不用過多的推波助瀾，就已經達到他的目的。

真不愧是月老的徒弟，看來已經成功引起閻王的注意了。

此時展判官在心中暗自竊喜，看來用不了多久……

準時上下班，Get!

「哼，與本王無關，回府。」老鷹依舊是冰冷至極的語氣，沒一會兒的功夫便消失的無影無蹤。

烏鴉見狀只是笑了笑，隨後也消失在其中。

---

[9] 電視節目《分手擂台》，二〇一〇年正在澳門澳亞衛視播出，二〇〇九年曾在台灣東森綜合台播出。節目邀請感情面臨決裂的兩位當事人，陳述兩人爭吵的問題癥結點，主持人扮與三位陪審員，詳細分析並擬定讓兩人關係複合的建議，當事人可選擇和好或分道揚鑣。

# 第八章　現世報專案

很快來到要執行現世報專案的這天，杜小花和多多早早就來到公關部，便看到眾人都蓄勢待發，林投姐把專案的客戶資料，一份一份給了大家，而人面魚一族聚集在忘途川的河水裡，那裡有水生生物通往人間的快速入口，據傳是連接在台灣南部的某一水庫裡。大家用視訊電話和人面魚阿婆聯絡時，那廣大又嚇人的人面魚魚群，讓大家都倒抽了一口涼氣，連膚色本就是綠色的紅衣小女孩，臉色變得好像更加深綠了一般。最開心的莫過於玉山小飛俠們，三人都多了個厚重的後背包，後背包裡傳來陣陣客家菜包的香味，看來是塞得滿滿的。

「好了，這是這次的專案客戶名單，上面的罪責和甲乙方都寫的很清楚，包括後續追蹤的時間，還有誰有什麼問題嗎。」林投姐詢問著大家。

而最先舉手的是玉山小飛俠，其中一人攤開他們的名單，做出了用手指抹脖子的動作，另一人拿出紙板上面寫著『全部幹掉嗎？』

林投姐點了點頭，玉山小飛俠們化為一道道的黃色閃光，離開了辦公室，速度之快。

「還有人有問題嗎？」林投姐又問。

「請問……我可以做什麼嗎？」換紅衣小女孩怯怯地舉起手。

因為她是模特兒，好像和這個專案沒有太大的關係，但她還是想要出一份力。

「嗯……這邊是一些宣傳活動和企劃，這些就麻煩妳囉？」林投姐就把其他的業務，只要是有關宣傳的，都遞給了紅衣小女孩。

紅衣小女孩一接過文件，立馬開啟了戰鬥模式，臉上突然長出來許多獠牙，瘋狂打電話聯絡廠商，然後敲打鍵盤時，她還會發出歐拉歐拉歐拉歐拉的神祕吼叫聲。

「紅衣小女孩原來是工作狂啊？」杜小花和多多交頭接耳。

「那個是替身使者在工作啦[10]。」多多回答。

林投姐看著人員分配，似乎都差不多了，就把一疊文件遞給杜小花說：「這些是需要結緣的名單，之間的恩怨都寫在上面了，總共十三對要結緣，然後比較有爭議的案子，我都有貼標籤。」隨後對著多多補充道：「等完成之後，多多在上面寫一下時間，在拿給人面魚阿婆們。」

「蛤？要我拿給人面魚阿婆喔……可不可以不要啊？」多多垂頭喪氣地表示。

「前輩，原來你也會怕人面魚阿婆啊，雖然我也可以理解。」杜小花在一旁偷偷笑道。

「厚唷，不是那個問題啦。上次我只是遞給文件給阿婆而已，我就胖了十公斤耶。」多多顯

---

[10] 替身使者一詞來自日本漫畫家荒木飛呂彥的少年漫畫作品《JoJo的奇妙冒險》，簡稱為JoJo。替身為一種能力，是由人體內的精神能源所產生具有強大力量的影像。

得異常苦惱。

「那是你自己愛吃，還怪阿婆！」杜小花沒好氣地說道。

「唉……我的完美身材又要破功了。」多多很無奈地答應。

「沒關係啦，柴犬胖一點也很可愛啊。」林投姐出來安慰。

「我才不要！人家要當柴犬界的吳彥祖啦！」多多哭喊著。

「不要吃阿婆給的任何東西不就好了。」杜小花冷冷回道。

「嗚嗚嗚……客家料理很好吃咩……可惡。」多多對於每一次沒能抵擋，美食的誘惑，留下了悔恨的淚水。

杜小花和多多拿著厚厚的文件，離開了辦公室，一人一犬因為是去人間界出差，所以可以配搭一台地府的出差專車前往人間界，而且有十三對要結緣，所以也需要一台車方便他們在人間界裡跑來跑去。

杜小花翻開著文件說：「我看看喔……第一個案子要做什麼呢？」

她看了看……發現了裡面的一個案例，上面這樣寫道：

甲方，簡稱A，常泡夜店的花心男，興趣：是撿屍，特色：是不相信這世上有真愛，而且非常外貌協會。

乙方，簡稱B，體重破百的壁花恐龍妹，興趣：是和乙女遊戲裡的帥哥講電話，特色：其實心地非常善良，但是由於外貌的關係吃了不少虧。

兩人的恩怨在大學時是同班同學，但甲方時常取笑乙方的外貌，甚至揪伴去取笑對方，替乙方製造各種麻煩事……

「這男的真無聊，小學生逆？」多多瞇著眼睛，鄙視的神情說道。

「這一對組合很像電影情節，你不覺得？」杜小花這樣幻想著說：「夕陽西下，女的努力在海岸邊奔跑瘦了下來並成為美女，然後男生也真心悔改愛上她之類的……」

「不！就讓這個男的，和體重破百的模樣談戀愛，從撿屍進化成龍騎士，讓這畜牲可以進行一轉，比較符合現世報專案的宗旨。」多多胸有成竹地說道。

「怎麼突然覺得女生……還是沒有脫離外貌的魔咒？」杜小花略有感慨的說道。

「不會啊，我記得這個女生，她很有福報，月老已經幫她找好對象了，只是現在還不是見面的時機。」多多看著A的照片，用非常不屑的語氣說道：「哼，男配。」

「……」看著這個現世報專案，設計的遠比她想的還要深。

很快他們來到甲方的所在地，那是一家汽車旅館……

飄著飄著來到房間內，眼前的景象還真是……只見那A全身赤裸呈大字型狀，左右兩邊各躺了一位赤裸的女性，三個人睡在一張偌大的雙人床上。

「嗯、他還是當男配就好。」杜小花非常鄙夷的口氣說道。

「對吧？快點結一結用下一對。」多多回道。

最後一人一犬像是看到髒東西的神情，離開了這家汽車旅館，又回到了車裡尋找下一個案例。

杜小花好奇地說：「不曉得有沒有女生要被現世報的？」

正仔細翻找的時候碰巧看到：

甲方，簡稱C，個性偏執心理不健康，興趣：鼻屎大的殺機，海一樣深的仇恨，特色：千錯萬錯都是別人的錯。

乙方，簡稱土豪，意氣風發的超級土豪，興趣：SM，特色：如果對方越是神經病的話，他越愛。

看到這裡……杜小花都不敢看恩怨介紹，忍不住說：「這是現世報嗎？不就是兩個神經病的故事？」

「這個啊……我知道，這個女的搶了自己妹妹暗戀的人，想要嫁入豪門，但她不知道這個男人遠比她還要有病。」多多解釋道。

當車子來到目的地的時候，前方就是一處美麗又輝煌的豪宅，可以看得出來住在這邊的人非富即貴，杜小花見狀一陣驚呼：「這裡就是土豪住的地方啊……」

房子外圍有著花花草草的小庭院，好不愜意的生活，但正當他們飄進屋子內部之後，也是看傻了眼……

裡面一片狼藉，各式廚具、刀子都散落一地，還有打碎的玻璃杯，仔細看廚房的流理台還有些微的血跡。

杜小花來到臥房，才發現C小姐正呼呼大睡，忍不住說：「廚房那邊是怎樣？」

「應該是她剛剛發洩完脾氣吧？因為此時此刻……這男的還在追求她妹妹。」多多聞了聞，那些掉在地上的器具回答道。

杜小花在房子裡東看西看，看到一張不可思議的照片，並且下意識大喊著：「前輩！這個人不是B龍妹嗎？」

「喔、我沒有說嗎？上一個案例的B龍妹，就是這個女人的妹妹喔，也是土豪正在追求的對象。」多多淡定地說。

照片上的C小姐頂著一張網紅臉，姣好的身材，和旁邊的龍妹形成鮮明對比，這讓杜小花忍不住感嘆：「看不出來是姐妹呢。」

「雖然是姐妹，但身為美女的姐姐沒少欺負妹妹呢。」多多感慨道。

隨後杜小花像是想到什麼說道：「等等？這個土豪喜歡龍妹，這不是好事嗎？」

而且照片上土豪長得算不錯，算是高富帥了。

「哪裡好啊？妳看男人的眼光有問題。」多多一副真受不了妳的表情，隨後說道：「跟我來。」

杜小花跟著多多來到土豪的書房，整體擺設簡單又不失大氣，可謂是小型的圖書館了，濃烈的高端優雅氣息充滿著這裡。

「哇……」杜小花忍不住驚訝。

「這只是表象。來、這裡」多多來到書桌的後側，淡定說道：「先吸一口氣喔，然後直接穿

牆過去，妳就知道了。」

杜小花按照多多的指示，穿了牆，她才明白多多的意思。

原來書房一處連接著一個小小的暗房，裡面有一個狗籠，牆上擺有各式各樣的刑具，正中間擺了一張大床，床上面有手銬、鍊子、皮鞭等等什麼都有。

「原來是格雷的六十道陰影啊[11]……」裡面的風格讓杜小花忍直打哆嗦。

「比那更糟，妳看那狗籠……他還喜歡囚禁。」多多說道。

「前輩是怎麼知道的啊？」

「因為這裡血腥味很重啊。」

「他有……殺人？」

「妳想呢？」

「這還算現世報嗎？這樣姐姐也危險了吧？」

「喔、等姐姐的現世報完，這個案子就會轉交給玉山小飛俠他們了。」

「原來如此。」杜小花便放心的回到原本的臥房，替C小姐跟格雷結了緣，在心中默默想著，想必這婚後生活會非常刺激。

「嘛、這樣妹妹就算得救了。」多多笑道。

---

[11] 原為《格雷的五十道陰影》是英國作家E・L・詹姆絲所寫的一系列情慾小說。

回到車上的杜小花重新看著案例，默默說著：「有沒有正常一點，然後又激勵人心的案子啊。」

「要不……妳看要不要處理有爭議的案子？」多多回答。

杜小花便翻開林投姐貼有標籤的地方，仔細觀看，不看不得了，一看就來了精神和幹勁，興奮地大喊著：「喔！Yeah，就這個了。」

甲方，簡稱Y，個性好強不服輸，興趣：打排球，特色：球隊裡面受人尊敬的排球校隊隊長。

乙方，簡稱Z，個性孤傲又高冷，興趣：打排球，特色：球隊裡面的天才二傳，但是不擅長與他人溝通。

身為天才的Z一來到球隊，就立馬取代高年級學長的正式球員資格，導致引起高年級的不滿。而Y原本很歡迎這個學弟，但是他卻逐漸追不上天才的腳步，自卑感進而產生厭惡，教唆整個球隊排擠Z，最後因為沒人願意與Z配合，導致輸了比賽而Z則是被趕出球隊。

「這種BL劇情，我就知道妳會很興奮。」多多沒好氣地說道。

杜小花來到Y的房間，五官深邃身材高大魁梧，一看就知道是運動員，裡面擺滿各式各樣的獎盃和球隊的合照。

但此時她關心的是Z的照片，一看果然是五官清秀，皮膚白皙，一雙深黑色的瞳仁，可以看得出他的桀傲不馴。

「這個CP我很可以。」杜小花立馬眼神發亮。

就讓身為凡人的Y愛上天才般的Z吧。

就在杜小花一陣狂笑不止的氣魄在，完成了這次的結緣。

「唉，今日最可憐的結緣。」多多忍不住吐槽，看杜小花精力都花在這，看來這Y會如風暴般愛上Z。

# 第九章　閻王翩翩來赴約

地府忘途川旁的僻靜之處有一金碧輝煌的宮殿，有位美女穿著桃紅色性感的薄紗，身姿妖嬈，悻悻然臥躺在榻上，宮殿內點著天香，清香裊裊其味淡雅。

「娘娘、娘娘，不好了。」松丫環慌慌張張地跑進殿內，上氣不接下氣。

「怎麼啦？」孟娘慵懶地擺手回道。

「娘娘，杜小花那個厚顏無恥的東西，居然纏著大王做什麼約會打賭。」松丫環非常氣憤地說道。

「妳說那個啊，不就是一個笑話嗎？大王還氣幾天了不上朝呢。」孟娘一聲輕笑。哼，閻王怎麼可能會看上那種女子。

「娘娘、娘娘，不好了。奴才、奴才……」換竹丫環接著小跑步跑了進來。

「又怎麼啦？」孟娘問道。

「娘娘、奴才，方才打聽到大王一直偷偷去人間，觀察杜小花。」竹丫環面色略帶鐵青地說道。

「什麼？難到大王最近不上朝……居然是……」孟娘感到相當的震驚，這閻王千萬年以來不好女色，天界還不少人猜閻王搞不好是好男色，待冷靜想想之後喃喃自語道：「這不可能、不可能的……而且還是那個杜小花。」

「娘娘、娘娘……杜小花已完成所有的業務，現在正在閻王廳和大王談呢……」梅丫環走進宮內簡單行禮之後，一口氣講了出來。

「這個杜小花！」孟娘又氣又惱拍了桌。

她不是很愛人間的學長嗎？還為了他成了魔，怎麼會……

突然看上閻王了？

難不成是……孟婆湯讓她忘了鄭文風，轉而愛上閻王？

這女的也未免太過濫情。

「梳妝！備轎！妾身也要去閻王廳瞧瞧。」孟娘頗有架勢的起身說道，正要走進客房內的時候，想到什麼似的，轉過頭和歲寒三丫環說道：「你們等等準備湯藥，我會和閻王進言讓杜小花忘記他，讓她過正常人的生活。」

聞言便頭也不回地去梳妝打扮一番。

經過兩個禮拜鍥而不捨的結緣，杜小花和多多總算是完成所有的結緣，順利的把名單一一給人面魚阿婆，由阿婆分配照看的人手，而多多也真的胖了十公斤。這天夜晚杜小花抬頭挺胸地，走進閻王廳沒有向閻王行禮也沒有通報就這樣大搖大擺走進去。

「大膽！來者何人，報上名來。」新來的御前侍衛大聲斥喝。

閻王只是揮手示意侍衛退下，隨後冷冷說道：「來者不善。」

「哼、哼……怎麼樣？公關部把落下的業務都做完了。」杜小花得意地把厚厚一疊文件，放在閻王的案桌上。

她可是拚死命喊了，十三次霹靂卡霹靂拉拉，才完成這些結緣。

雖然大多麻煩的業務，玉山小飛俠們做了快七成。

閻王只是冷冷瞥了杜小花一眼，並沒有做出任何回應。

「閻王大人，說好的這是哥吉拉的電影票，我聽說你很喜歡這一系列的電影。」杜小花緊張地伸出手，將電影票放在了案桌上。

「胡鬧。」閻王把電影票往杜小花丟了回去。

「閻王大人！明天的下午四點，我會一直在電影院等你的。」杜小花又把電影票偷偷的放在案桌上。

閻王望著杜小花真摯的神情，又再度胸口微微一顫，此時他的內心正如冠上的白珠，一樣地搖擺不定。

他忍不住在心裡咒罵……

該死！他可是統領四海八荒的閻王！

別說是兒女情長，這一點動搖都不許有，更何況是對眼前這個潑婦。

閻王臉色一沉語氣極冷，大手一揮斥責道：「此非爾等的該來之處！」只見閻王緩緩起身走到杜小花眼前，朝她的額頭彈了一下，她的元神就直接回到人間界的肉體內。

「大王，這是何必呢？」展判官上前恭敬地說道。

鮮少看到閻王這麼剽悍的樣子。

「為她好。」閻王淡漠地說道。

「報——孟娘求見。」御前侍衛在門口大聲說道。

閻王揮了揮手。

孟娘頭上佈滿珠翠，一身桃紅色的長裙，婀娜多姿的身段彷彿能步步生蓮，向閻王行了個恭敬的禮之後柔聲道：「方才妾身看到杜小花的元神，正朝人間快速移動，大王當真是好功力。」嘴角帶有一絲輕蔑。

「說，何事。」閻王冷冷地說道。

「啟稟大王，妾身想斗膽進言替大王分擔解憂，所以調製這一湯藥，可以讓杜小花忘了大王，讓她別總是惹大王發怒。」孟娘溫柔的說著，眼角餘光瞄了一眼身旁的丫環，「呈上來。」歲寒三丫環便齊刷刷跪著一地，相當恭敬頭都不敢抬，大口也不敢喘一口，其中一人手上端著一碗湯藥。

閻王冷冷睇了一眼那湯藥，濃黑的湯藥散發出陣陣苦味，他拿起那湯藥淡漠地說：

「傷身嗎？」

「回稟大王，不會有任何影響的，妾身會讓她永遠記不起大王的……」還不等孟娘講完話，閻王目光如炬卻像故意一樣鬆了手，而湯碗隨後發出清脆的聲音摔成了碎片，碗裡的湯藥便撒了一地。

「大、大王？你……？」孟娘被這突如舉來的舉動，有些許的疑惑，但是隨後堆滿了笑容柔聲道：「大王，沒關係，妾身再重新調製湯藥就好了。」

「免了。」閻王冷冷地回道。

「大王，說什麼呢、這湯藥用不著妾身多少時間。」孟娘起身想要去調製湯藥。

「本王說免了。」閻王的眼神中透露著些許的寒光，語氣不悅。

那一瞬間讓孟娘的心中感到一絲膽怯。

難道閻王生氣了？

為什麼？難道閻王不希望杜小花忘了他？

不，這不可能的。

「大王，為何……？」孟娘心中充滿疑惑怯怯地說道。

「她不礙事，隨她吧。退朝！」語畢，閻王拂袖揚長而去，而周圍的御前侍衛們紛紛退下。

「她不礙事？隨她？」孟娘還呆在原地久久不能忘懷。

這是什麼意思？

孟娘在四周張望之時，發現正要離去的展判官，便走上前拉著展判官的袖子說道：

「展判官，你是大王的親信，你應該知道剛剛大王那是什麼意思？」

「孟娘，妳還看不出來嗎？」展判官露出了不失禮節的微笑，語氣卻有些許的淡漠。

「這不可能、不可能……」孟娘不敢置信喃喃自語，鬆開了手。

這千萬年來，閻王不曾對誰動過心，別說是動心了，就連一丁點的在意都沒有過。

她原以為這樣維持下去，或許有一天……

就算沒有那一天也罷，一直以來她就自詡自己就是閻王妃。

歲寒三丫環見狀便走上前攙扶孟娘，想盡辦法哄自己主子開心說著：「娘娘、娘娘放心，娘娘可是地位尊貴的九天玄女呢，怎麼可能會輸那株花？」

「是啊，大王可能只是一時糊塗罷了。」丫環們妳一言我一語的爭相說道。

「對呀……妾身曾是九天玄女……」孟娘淡淡地說著。

當她在天庭看到閻王的時候，她就喜歡他了，那時的閻王叫做『閻』，是高貴的玉皇大帝的候選人之一，多少天女、女神能盼望著閻能當玉皇大帝，而自己則是母儀天下的后土娘娘，但最後元始天尊卻選了廣當玉皇大帝……

她便隨著閻的腳步來到這蠻荒之地，不惜放棄九天玄女的名號，放棄天庭的生活來到這個暗無天日的地府生活。

只為了可以看到閻王一眼……

「妳們現在去人間給妾身盯緊杜小花，一有情況立馬通報。」孟娘臉色一沉。

「是。」歲寒三丫環恭敬地行禮，化成一陣陣清風般的白霧隨遠方飄去。

這天天氣晴朗風和日麗，天上的雲朵如同棉花糖一樣，潔白又可愛看了讓人心裡都甜甜的，至少杜小花是這樣想的。她畫了淡淡的妝，一雙鬼靈精的大眼，綁了簡單的馬尾看起來多了幾分俏麗，穿著淺色的碎花小洋裝，整體洋溢著青春活力。她從下午三點半，就膽顫心驚的站在電影院門口，心心念念著閻王大人的身影，但是連她都不確定對方會不會來，好像不來也是很正常的。

「閻王大人好慢喔。」杜小花在電影院門口的附近閒晃，時間顯示為下午六點，金黃色的黃昏慢慢照耀大地。

她看著手腕上的手錶若有所思，反正她沒奢求閻王大人會來，但她就是想任性一回衝衝看。她告訴她自己等到午夜十二點，如果閻王大人都沒來她會果斷放棄。

而此時的閻王廳——

「稟大王，今日的事務微臣都處理差不多了，大王可以稍微休息一下。」展判官正收拾著筆電。

「甚好。」閻王繼續批改各式各樣的文件。

「啊、那個杜小花是不是還在等呢？微臣真是好奇。」展判官有意無意地提起杜小花。

閻王只是睇了一眼，並沒有要放下手中毛筆的意思。

「大王若不去赴約豈不是言而無信？」展判官說道。

聞言閻王才放下毛筆，纖細修長的手指輕輕地抵著唇，俊俏的面容陷入了沉思，他也明白展判官說的也不無道理，杜小花的確是完成了任務。

等等，本王怎能遂了那潑婦的意？

本王可是閻王。

「不去。」閻王一副想通了的模樣，淡漠地說道。

「現在的時間在人間是晚上九點，如果還在那邊等大王，一個女孩子在那種地方閒晃很危險啊。」展判官吶吶道，揮手示意一旁的御前侍衛，去把一樣東西抬出來，不一會兒數名侍衛，不知道是從哪裡抬來一面很大的鏡子，但是鏡面透明如水，看著鏡子不會照映出自己的臉龐，中間彷彿是空蕩蕩的什麼都沒有。

「為何拿出照世鏡？」閻王抬頭語氣冰冷詢問。

「回大王，微臣實在好奇，這麼晚了，杜小花是否還在等大王赴約。」展判官饒有興致地說。

展判官的手摸過照世鏡的鏡面之後，鏡面就發生變化有了色彩，隨後慢慢照映出現世的景物，在展判官的操控之下，鏡面的畫面就像是一個攝影機，跟著鏡頭尋找著電影院。

「果然杜小花還在等呢？喔？」展判官看到了杜小花的身影，然後把畫面放大聚焦，發現她

正被三位可疑男子包圍——

「小姐，我們是○○系的學生，目前正在募資希望可以去參展，妳能不能發揮愛心，幫助我們一下。」穿著時尚的年輕男子，手裡拿著幾枝明顯是文具店賣的原子筆，正說服杜小花花錢買下它。

「對不起，我正在趕時間。」杜小花只想趕快逃離此地。

「小姐，妳很閒吧？我看妳已經在這邊閒晃很久了，買一下啦。」在一旁金髮男子，不懷好意地說道。

「沒有、沒有，我要走了。」杜小花慌張地試圖從他們的空隙溜走。

但她的眼前又被擋住，一位穿著白色上衣的男子，雙手大開擋著她的去路，開口說道：「小姐，真的很便宜啊，一枝筆才賣妳三百五而已，買一下啊？」

「不好意思，我真的在趕時間，我朋友在等我了。」杜小花正努力尋找逃跑的時機。

「妳哪裡有朋友啊？我觀察妳好一陣子了，妳已經自己一個人閒晃好久了。」穿著時尚的年輕男子，充滿戲謔的語氣說道。

「我、我沒有錢。」杜小花看著那咄咄逼人的三人，外加自己被放鴿子，眼角都開始泛淚。

「真的假的啊？欸，一枝筆才賣妳三百五而已耶？」白色上衣的男子再次步步緊逼。

「還是妳要跟我們玩玩？」金髮男子則是露出了詭異的笑容。

眼看三個男的離杜小花越來越貼近，展判官有點看不下去急忙說：「大王，微臣……」不等

展判官說完，閻王已化成一道濃烈的黑煙，彷彿是戰場上的硝煙如風暴般又快又急，快速地沒入照世鏡中。

展判官見狀只是微微一笑，恭敬行禮說道：「大王慢走。」

「啊……怎麼能忘了這個。」展判官打了個響指，案桌上的電影票也立馬化成一縷清煙，跟著閻王的腳步也沒入鏡中。

此時此刻在人間的電影院附近——

「你們要幹嘛？我、我會報警喔。」杜小花拿著手機，一步步後退。

「沒幹嘛啊？小姐，我們只是要妳掏出錢來買這些筆而已，絕對沒有惡意。」穿著時尚的年輕男子，直接要求杜小花就是要買。

「對嘛，我也是出於好心，怕妳孤單寂寞覺得冷，才提議大家一起玩嘛。」金髮男子的笑容從詭異升級成猥瑣。

這讓杜小花看了打從心底感到反胃。

「小姐，就是這樣，二選一妳選一個。」白色上衣的男子，做出了令人討厭的結論。

「我可以都不要嗎？」杜小花膽怯地說道，正要撥打手機報警時。

那三人拉著她，並惡狠狠地看著她說道：「妳覺得我們會讓妳報警嗎？少傻了。」

天色原本沉沉的卻多了幾痕閃光，明亮的月亮被逐漸覆蓋，取而代之的是如墨漆黑的烏雲，空氣中的溫度好像一瞬間降了好幾度。霎時間，一道光亮的閃光似乎降在那三人的附近，在場的

人都被那光亮睜不開眼，隨後從耳邊傳來巨大聲響。

轟隆——

這響徹雲霄的雷聲，讓杜小花摀起了耳朵，等她慢慢睜開眼，好像是閻王大人的身影緩緩走過來。

而那三人簡直是目瞪口呆，這輩子都還沒有這麼近距離看到一道轟雷降下，只是賣個愛心筆卻差點天打雷劈。而且不曉得是不是他們的錯覺，伴隨電閃雷鳴還有從一陣陣黑煙裡面走出了一名男子。

只見閻王還是那樣俊美的五官，目光冷徹而深邃，臉上表情有些微的不悅，但不怒而威，身穿最新剪裁合身的黑色西裝，全身透著威震天下的王者氣息，猶如轟天驚雷般降下。

他幽暗深邃的眼眸，散發著居高臨下的氣息，瞥了那三人一眼，用極冷的語氣說道：「讓開。」

那三人被閻王的氣場所震懾，立馬像小弟一樣退地遠遠的。

閻王快步走到杜小花的眼前，一把拉著杜小花，用低沉又迷人的嗓音冷冷說道：「過來。」

「閻王大人是特地跑來救我的嗎？」杜小花非常興奮地詢問，盡是藏不住的嘴角。

她的內心正在勝利的歡呼，同時讚嘆閻王穿西裝實在有夠帥。

「不是，本王是來看電影。」閻王看著杜小花的傻笑，感到腦門一陣疼痛。

早知道他就不應該來。

「閻王大人少裝了啦，我就知道你很在意我，才會跑來救我對吧？」杜小花非常得意地說道。

「少恬不知恥！」閻王放開手，自顧自地快步走進電影院，顯然是想甩開杜小花。

而杜小花則跟著閻王的背後，小跑步跟著進電影院，留下非常錯愕的那三人在原地，但同時錯愕的不只那三人，遠處還有三雙眼睛，其實一直都盯著杜小花，她們來到人間幻化成人見人愛的角色。

「完了完了，要趕快告訴娘娘才行。」一隻灰色虎斑貓著急地說道。

「沒想到……大王真的如傳言說的那樣，真的很在意杜小花耶。」一旁的橘色虎斑感到不可置信。

「大王真的好帥喔……」小花貓還在沉浸其中。

「這不是重點！」灰色虎斑和橘色虎斑同時異口同聲。

「呦，聽這聲音不是歲寒三丫環嗎？」多多定睛一看，隨後用非常驚恐的表情說著：「妳們變成貓啊……」

此時多多的狗毛已經快嚇成捲毛。

貓，各大犬族最聞風喪膽的生物，不管是小型犬還是大型犬通通都怕貓。

既生瑜何生亮，大概就是貓狗兩族之間最好的註解。

而歲寒三丫環們轉頭，紛紛表示道：「什麼啊？原來是柴犬多多啊。」

「妳們在這邊幹嘛？」多多好奇詢問。

三隻貓聚在一起可不是什麼好兆頭。

「觀察杜小花啊，看看大王會不會真的會來。」灰虎斑回答道。

「不知道……娘娘還有沒有希望。」橘虎斑擔心說道。

「呸呸呸！娘娘怎麼會輸給那種女人，論顏值、論身材都大勝於她。」灰虎斑接著說道。

「真想把大王穿西裝的樣子給拍下來。」小花貓在一旁說道。

「不可以！」灰色虎斑和橘色虎斑，又同時異口同聲。

「喂、一張賣妳五百，妳要不要？」多多湊到小花貓的耳邊，小聲地說。

「來一張。」小花貓的眼神都亮了起來。

而此時灰色虎斑和橘色虎斑臉色凝重，看著多多和小花貓中氣十足大聲地喊出：「加一！」

「剛剛不是才說不可以嗎。」多多回道。

「好了，好了，我們趕快回去告訴娘娘這個消息。」灰虎斑則催促大家趕快回去，完成交易的眾貓們就這樣回到地府去。

倒是多多直接現賺了兩千五，正想要去哪裡消費的時候，卻看見了鄭文風往閻王和杜小花的方向瞧，好像一直跟著他們一樣。

「哦？我好像聞到了修羅場的味道。」多多便好奇也跟了過去，看看會發生什麼事。

忘途川旁的涼亭內，月光如水的月色倒映的搖晃樹影，都會讓孟娘心神不寧，她正著急地來回踱步，與四周一片的寂靜形成對比。

「娘娘、娘娘，奴才們回來了。」歲寒三丫環急沖沖走了進來，做了簡單行禮。

「怎麼樣？」孟娘著急的詢問。

「大王還是去人間赴約了。」其中最為年長的松丫環，怯怯地說道，深怕會傷到自己主子的心。

孟娘聽聞身子一軟跌坐在石椅上，喃喃自語道：「怎麼會？」

三人見狀一哄而上圍在孟娘的身邊，神情緊張，十分擔心說道：「娘娘、娘娘，妳放心，等時間一久，大王便會發現誰更適合當閻王妃的。」

「妾身還要等多久？」孟娘一臉的哀怨，與其這樣……

她還倒不如希望閻王大人是好男色，她是有哪一點比不上杜小花？

孟娘一絲陰鬱的神情，眼神閃過幾分的陰險，片刻她便緩緩沉吟道：「不行，定要斷了杜小花的念想才行，憑她就想當閻王妃，她不配！」

「娘娘的意思是……」丫環們彷彿心領神會，互相使眼神。

「別心湯。」孟娘緩緩答道。

「可是、娘娘，大王有清蓮玉扇，不但不會受任何影響，還可以解任何的異常，這別心湯會有用嗎？」松丫環問道。

「大王的確法力無邊，又有上古神器護體，妾身試想這當今應該沒有藥劑，可以影響大王了。」孟娘回答道，隨後眼神堅定從一香囊，取出一只小小的玻璃瓶，裡面裝著神祕的藍色液體，片刻孟娘語氣非常的冷，帶有一點狠心：「所以這別心湯……打從一開始就是用在杜小花身上。」

這是她還是九天玄女的時候，由玄家保管的特殊藥劑之一，和孟婆湯不同的地方在於，可以永遠忘卻某人，並且永不再對某人動心，因此又名別心湯，她偷偷拿了一瓶或許就是為了這一天。

如果閻王沒有愛上她，而讓閻王動心的人出現的話……

她望著這玻璃瓶許久，像是在說服自己使用，因為這是很強的藥劑，況且杜小花已經拿走過一次關於鄭文風記憶，再使用如此強悍的藥劑，會有什麼副作用其實她也不清楚。

或許會癡傻一輩子，也或許什麼事都沒發生，但她顧不了這麼多……

「娘娘、娘娘，這樣好嗎？若被大王知道了，鐵定會被大王怪罪的。」在一旁的梅丫環滿臉擔憂地說道。

「妾身只是讓她忘了他，又沒要了她的命，何罪之有？」孟娘語氣淡漠。

本來是想藉著替閻王解憂為由，一是用孟婆湯讓杜小花忘了閻王。

二是試探閻王對杜小花的態度。

可沒想到……閻王卻打翻湯藥，這才讓她起了用別心湯的心思。

「開始熬製別心湯吧。」孟娘握緊了玻璃瓶，相當決絕地說道：「一定要讓杜小花忘了大

王，而且永遠也不會愛上大王。」

「是。」歲寒三丫環們齊聲應答。

杜小花正拿著電影票排隊，準備改劃午夜場的位子，她瞄了一眼她身旁的人居然是閻王大人，這一切都好像一場夢，她臉上盡是止不住的笑意，而且還不只她在偷瞄，這電影院方圓五公里範圍的女性，好像都偷偷注視著閻王大人。

他的側臉。

他的髮際線。

他的身影與姿態，這一切的一切都如此俊美，讓人深深地淪陷而不可自拔。

杜小花望著閻王大人，發現他正在看哥吉拉的簡介介紹看得非常認真，低垂的眼眸散發著暗暗的光芒。

「閻王大人，為什麼那麼喜歡哥吉拉啊？」杜小花突然非常好奇問道。

而且閻王大人這一喜好，幾乎是全地府的人都知道。

很難想像……閻王大人這麼正經的人會喜歡這個。

「忽有龐然大物，以拔山倒樹的氣勢而來，甚是震撼。」閻王淡淡地回答。

「這樣啊。」杜小花突然覺得，自己完全不了解閻王大人，便鼓起勇氣開口詢問道：「對了、我從前就想問……閻王大人有姓名嗎？」

閻王愣了一愣，臉上閃過一絲淡漠的神情，冷冷回答：「玉闍。」

千萬年來，這還是第一次有人問他的姓氏……

從在天庭上元始天尊冊封他姓氏──玉，或許從那時候這一切都注定了吧。

「玉闍啊？我還以為會在更霸氣一點的名字？」杜小花笑的回答。

「本王倒是甚喜玉字。」

「那閻王大人有什麼綽號嗎？」

「王一字，闍王。」

「那我要怎麼稱呼閻王大人啊？每次大人來、大人去的，好繞口。」杜小花提出小小的抱怨。

「喚本王為闍王即可。」閻王聽聞挑了挑眉。

「我不要，我要叫你的名字，玉闍。」杜小花嘟著嘴。

「當真不怕本王？」閻王對於杜小花的厚臉皮有了新的認知。

「真要有什麼，我早就受處罰了。」杜小花搖了搖頭，一臉賊笑隨後說道：「而且我沒叫什麼小玉玉或是闍闍之類的，已經很好了。」

閻王聽聞，臉上起了青筋，語氣嫌棄地道：「那日，本王就應該一掌把妳給滅了。」

「反正二擇一，要不叫玉闍，要不就疊字。」杜小花咕噥著。

閻王是一臉無可奈何，天底下怎會有如此無恥之人，伸出手想要敲杜小花的額頭，而杜小花見狀馬上用雙手護著額頭，上次就是用這招把她從閻王廳直接打回人間，她吃過一次虧可不想再吃第二次。

閻王卻只是輕輕推了她的額頭一下，淡漠的語氣說道：「不許胡鬧。」而閻王隨後露出了很輕、很輕的微笑，那雲淡風輕的那一抹笑，讓杜小花以為可能是錯覺。

「好吧，閻王就閻王嘛。」杜小花露出燦爛的微笑。

連假的周末即便是晚上了，電影院依舊很熱鬧，到處都是等著看電影的人潮，等了好一陣子終於輪到杜小花和閻王買票。

「你好，請問要看什麼電影呢？」服務人員親切地詢問。

「我想換票，換成午夜場的哥吉拉，可以嗎？」杜小花回答。

「好的，已經為你做更換，位子不變喔，有需要搭配套餐嗎？」

「嗯……？」杜小花別過頭看向閻王。

「本王欲想那黑水。」閻王思考了一陣子，輕輕地抵著唇淡定地說道。

「蛤？」原本眼前的俊美又高挑的顧客，讓服務人員看傻了眼，但隨後又意識到不明白他說什麼。

「他的意思是可樂。」杜小花立馬反應過來打圓場。

待兩人換好票買好餐點，杜小花把閻王拉在一旁詢問：「閻王，不是已經偷跑來人間好多次

了？怎麼會還不知道可樂啊？」

她滿臉的疑惑，明明地府超現代化的，怎麼這個人還跟不上時代啊？

「本王對這水甚感疑慮。」閻王正打開杯蓋，看著裡面名為『可樂』的液體，還從杯子深處緩緩冒出氣泡來。

上次從展判官提起之後，他老早就嘗試看看，只是看到這液體還會冒泡泡。

他卻有種不祥預感。

「閻王……是怕有毒嗎？」杜小花突然覺得好笑，莞爾道：「放心啦，就算有劇毒，估計閻王喝了也不會有事的。」

閻王聽聞只是挑了挑眉，小心翼翼地蓋上杯蓋，從吸管中輕嚐了一口，滿臉的疑惑呢喃道：「甜的。」

喝下的那一口經過咽喉時，還有些微的嗆涼感正刺激著味蕾。

這讓閻王滿臉的問號，連感想他都不知道要怎麼講，簡單來說……

可樂，他喝不懂。

「哈哈哈哈哈。」杜小花笑得樂開懷。

眼前這個滿臉黑人問號的閻王，大概就是最有表情的時刻了。

和平時那個坐在閻王廳高高在上的閻王，相距甚遠。

她甚至想要讓閻王試喝所有汽水，看看會怎樣。

「夠了，不得無禮。」發現杜小花正在笑他的閻王，立馬又如往昔般嚴肅冷冽的俊容，帶著嚴厲的語氣淡漠地說道。

杜小花看了看錶發現還有一點時間，靈機一動，在心裡祈禱希望這家電影院還會有，便拉著閻王往電影院的其他區域移動，步行了十分鐘，兩人來到一機台面前，杜小花一陣驚呼興奮道：「太好了，居然還有，好懷念喔。」

「此為何物？」閻王淡定問道。

「喔，自拍機啊。可以拍照的機台，很好玩喔。」說完，杜小花便拉著閻王進機台內部坐著。

只見杜小花非常流利的操作機台，在螢幕上點了許多可愛的圖案，而閻王則是一旁非常淡定的坐著，等著她操作機台完進入拍照環節。

杜小花盯著螢幕中的自己和閻王，閻王身材高挑即使坐著還是明顯高她一個頭，還有寬大厚實的肩膀，閻王解開了一、兩顆西裝領口的扣子，可以看見線條明顯的鎖骨，被沉穩的深色領帶悄悄地包裹著屬於這個男人獨特的魅力。

杜小花好像口水都快滴下來一樣，想著終於要有閻王的美照啦，嘿嘿嘿嘿……

待幾秒鐘過後，機台顯示已拍照成功，她快步到機台的洗出照片的地方，雙手在出口下方捧著，等待美照的掉落。

等照片一洗出來——

所有閻王的影像全是一團黑煙，甚至有幾張照片還有疑似鬼火的東西，全部只有杜小花是正

常的。

「為什麼會變成靈異照片……」杜小花露出了這是三小的臉色。

「哼，區區凡間之物，豈能拍出本王的尊容？」閻王露出了一絲邪魅的笑容，用略為得意的語氣說道，爾後從容地扣回一顆扣子，還順手整理了一下領帶，讓誘人的雪白頸間，重新沒入尊貴的黑色西裝之中。

「閻王！你一定是故意的！」杜小花拿著照片忿恨不平。

嗚嗚嗚……美男美照一秒變靈異照片，還拍得好像很不吉利的樣子，但閻王並沒有理會杜小花，拿著西裝外套瀟灑地往人群中走去。

在充滿藥草味的小廚房中，孟娘從挑揀藥草秤重到熬煮全都親力親為，而歲寒三丫環則是小心翼翼地顧著火候，不會兒從熬煮的藥罈中，傳出了陣陣的香氣，但說也奇怪……與充滿苦味的孟婆湯不同的是，這熬煮的香氣是濃烈的甜味，令人完全聞不出來這是一款湯藥。

「娘娘，保持這樣的火候對嗎？」松丫環開始詢問。

「妳們撐著，再一下下別心湯就要完成了。」孟娘目光如炬。

語落，歲寒三丫環與孟娘盡全力釋放靈力，而靈力化成青藍色的火焰熬煮著別心湯，而罈口

遂噴出香甜的粉色清煙。

這是別心湯如此珍貴的原因，不僅藥材珍貴，並且被深鎖在戒備深嚴的玄家倉庫內，即便有幸得到所有材料，熬煮過程中需要花費大量的靈力，絕非一般的存在可輕易煉製。

「要讓一個神祇斷了凡心，居然要費這麼大的功夫，不過想想……那人是閻王便也值了。」孟娘斗大的汗珠滑落她的臉，更加使出靈力，青藍色的火焰便燒的更旺。

眾人咬牙撐著，等到罈口不再噴出粉色的清煙才停止發功。

孟娘汗如雨下，喘了幾口氣，打開罈蓋取出一杓湯，只見那藥汁居然是透明無色恰似水，挪近鼻尖也嗅不出任何味道。

「娘娘，這別心湯有解藥這種東西存在嗎？」竹丫環好奇地問道。

「當然有，但是需要一物當藥引。」孟娘隨後一聲冷笑，「要上古魔獸的一根鬍鬚，這個時代去哪找那種東西，這種解藥有也等於沒有。」

「那娘娘……這湯藥要怎麼讓杜小花喝下？」梅丫環接著發問。

「他們不是正在人間看電影……剛好妾身也很久沒有去人間的電影院了。」孟娘不一會兒的功夫就幻化為人間的裝扮，明顯是位身材火辣豔麗的美女，冷冷的語氣：「真有心要下手，還怕沒有時機嗎。」孟娘手中緊緊握著裝在瓶子裡的別心湯。

此時在人間的杜小花注意到時間，差不多快到電影開播的時間了，便朝閻王的身影跟了上去，前往剛剛的售票大廳，已有服務人員招呼電影快要上映，趕快進入廳院就坐，兩人來到播放

電影的大廳門口處，已有服務人員發放3D眼鏡。

「這……」閻王拿著3D眼鏡正好奇的察看。

他之前都是看一般的電影，雖然有聽聞3D電影，但是對此的一切訊息，他都毫無思緒。

「這是3D立體眼鏡喔，要帶著它看電影，才有立體感的效果。」杜小花解釋道。

「眼鏡？」這下閻王想到……人間許多人臉上都掛著的東西。

好似連展判官都買了一副，眼鏡。

只見杜小花奪過閻王手的3D眼鏡，踮起腳尖，伸出手拉著閻王的領帶，讓他修長的身材不得不彎下腰，她再緩緩將3D眼鏡掛在閻王的臉上，一臉不懷好意賊笑地說：「嘿嘿，這樣就扯平了。」

面對這赤裸裸的調戲，閻王似乎有一絲的惱火，怒斥道：「誰准妳如此放肆！」

「你啊。」杜小花立馬回嘴。

閻王甩手冷冷睇了杜小花一眼，「哼」了一聲，便走進了播放廳準備就座觀看電影，而杜小花則是一臉燦笑跟了過去。

而在一旁陰暗的轉角處，有個人影已經盯了他們兩人許久，他也等著他們進入播放廳入坐，而那人只是等著所有人入座，才緩緩走進去坐在杜小花後方的位子，但他的目光從來沒有從杜小花的身上移開。

那人便是鄭文風。

他碰巧在路上看著杜小花和一個男人走進電影院，她望向那男人的微笑讓後排的鄭文風看得是五味雜陳。連他自己也不知道自己是怎麼了，從以前開始他就不明白，自己對杜小花是什麼感覺，好像是喜歡但好像又不是……

只有一點，他從以前開始就非常肯定，那就是杜小花不可能離開他。

他也非常明白，以杜小花的條件，我、鄭文風鐵定是她的最好選擇。

所以他從不緊張害怕，甚至開始覺得杜小花配不上他，她應該要學會打扮自己，個性上應該要在更善解人意，她要上進往上爬成為配得上鄭文風的女人。

但是那個男人是誰？

他現在滿腦都是那個男人到底是誰……

從那個男人穿著來看應該是社會人士，但杜小花的生活圈非常小，朋友就那麼幾個，基本就是一個宅女，到底是怎麼認識那一類人？

那男子穿著高檔的西裝，正式的油頭，一流的精品配件，看起來就是成功人士。

商業經理人？律師？老師，應該不太像……

可惡，看不出來他是做什麼職業的。

他望著杜小花的笑臉，心裡感到一陣抽痛。

這樣他鄭文風到底算什麼？難道那些曾經……她那些羞澀的表情都是騙自己的？

難道她不曾喜歡過自己？

長久以來鄭文風戴上人見人愛的面具那般，騙著別人也騙著自己。
但杜小花身旁的男人讓精美的面具出現了裂痕，讓內心深處的空虛見了光。
他不曾去弄清楚他對杜小花的感情，或許是因為害怕……
電影開始播放之後，台下的觀眾都專心地觀看電影，也包含閻王，他的手緊緊地抓著椅背，看起來很緊張的樣子，因為這可是3D的電影，擁有科技的技術將電影的內容宛如是在眼前般，呈現在觀眾的面前，不難想像此時此刻閻王正在受著文化上的衝擊。
杜小花見狀只是在一旁莞爾一笑，輕輕地把頭靠在閻王的肩上，剛開始閻王還會掙扎，動一動肩膀不讓她靠，但慢慢地也就隨了她，兩人沉浸在電影裡面。
而在後方鄭文風見狀，心中有莫名的陣陣刺痛感，他無法形容這感覺只能無助任其發展。
原來……他沒有想得那麼不看重杜小花，他只是篤定那人不會不喜歡他罷了，因此肆意揮霍著她的崇拜……
他常常在想等他搞清楚、想清楚了，等他想要穩定下來了，他就會回頭了。
此時他的臉色逐漸變得陰暗，甚至從內心深處萌生一把怒火。
「閻王，我想去上一下廁所，等等就回來。」杜小花在閻王的耳邊輕聲說道。
閻王只是點了點頭，示意她去。
杜小花便起身躡手躡腳地小心離開座位，深怕影響到其他看電影的人，而鄭文風像是逮住機會般，目光死死地盯著她看，眼神中有些微的憤怒還有幾分的怨懟，喃喃自語道：「總算給我等

到機會了。」便也起身偷偷了跟了上去。

鄭文風看著杜小花進了女廁，他沉著臉在外邊等著她。

有些話他一定要問她……

為什麼她從醫院那次醒來，她就像是變個了人？

還是她在對他若即若離？

到底他有沒有在她的心裡？為什麼會和別的男人看電影？

每當他看到，她對著身旁的男人如花癡般幸福的笑臉時，他的內心先是刺痛然後是憤怒，他一直遲遲不開口問她，是因為他害怕，她是真的看到他正和別的女人男歡女愛。

片刻，從女廁傳出有人出來洗手的聲響，鄭文風陰鬱的神情，伴隨著角落的陰暗慢慢地誇大，連他內心深處的那股怒氣也隨即擴大。

「妳是在報復我嗎？妳和那個男人看電影，他是誰？」等杜小花一踏出女廁所，鄭文風便快步上前，語氣相當地不悅。

「學、學長，你……你在說什麼？」杜小花不解地詢問，看著明顯和平常不一樣的學長，愣在原地。

「說！那個男的是誰？是誰？」鄭文風再也壓抑不住情緒，拋棄了笑臉迎人、從容待人接物的假象，大聲怒斥道。

鄭文風將杜小花逼至牆邊，一雙厚實的大手的拍在她的耳邊，臉色充滿了惱怒，成熟穩重的面容，彷彿被換上了另一張臉。

「學、學長，你、你冷靜一點，你是怎麼了？你是遇到什麼事嗎？」杜小花試圖安撫著鄭文風。

「快說！他是你的誰？」杜小花的反應讓鄭文風更加的火大。

「他、他……他是我喜歡的人啊……」杜小花非常不解，為什麼鄭文風會如此地激動，一反那種彬彬有禮的常態。

「他是妳喜歡的人？」這句話讓鄭文風瞬間恍如雷擊。

他的腦袋裡反覆思考著這句話，那他又算什麼？

「學、學長，你還好嗎？」杜小花被鄭文風的氣勢嚇到，縮在一旁不知所措。

「杜小花，那我……算什麼……」鄭文風一聲冷笑，如自嘲般冰冷至極，隨後他的腦子頓時亂成一團，他再也按捺不住抓著她的肩膀吼道：「難道我們之前的相處，妳都是假的？」

此時鄭文風的腦海浮現，一幕幕他們相處的畫面，有幫她過生日的時候，一起去運動的時候，還有他帶她去看螢火蟲的時候，那些一瞬間……

他甚至有種他是真心喜歡著杜小花的感覺，只是就差了那麼一步，他們就可以在一起。

「學長，我真的聽不懂你在說什麼……」杜小花看著這樣的鄭文風，顫了一下。

「妳是真不懂還是假不懂。」鄭文風抓著杜小花的力道，不知不覺地加大，讓她整個人被他控

制住，不得不貼近他，而他鼻尖的氣息就這樣吐在她的臉上，這樣的鄭文風卻讓她感到害怕……

此時的播放廳內──

眼看電影已經接近尾聲，但杜小花始終都沒有回到位子上，這讓閻王有些許的疑惑。

「她在不在都與本王無關。」閻王這樣告訴自己，反正他此行的最大目的是看電影，跟她一點關係都沒有。

不過杜小花一不在，就少了個厚臉皮的人，死要靠著他的肩膀。

他卻感覺他的肩膀好像少了什麼……

為何他會有如此的感覺？

閻王脫下3D眼鏡，俊美的面容微微蹙眉，一聲輕嘆便起身，去尋找不知跑哪去了的杜小花，只不過閻王前腳才剛走，化成現代人裝扮的孟娘後腳就踏進來了。

方才，她透過仙術看到了，杜小花靠著閻王肩膀的一幕，這讓她無比嫉妒，她可是拋開天庭的一切，才換來能看閻王一眼的機緣，就只為了那一眼。

為什麼這個杜小花如此的輕輕鬆鬆？

為什麼這個人不是她？

為什麼？

頓時孟娘好像是釋然下定決心似的，打開玻璃瓶將裡面的別心湯，在掌心中匯聚成一小水球，手指一彈，那水球立馬高速運轉避開層層的阻礙，從吸管進入杜小花喝的可樂裡面。

「這樣……閻王就會注意到我了……」孟娘輕輕地一笑，眼神卻相當陰鬱。

隨後回到地府，等待杜小花喝下別心湯然後藥效發作。

前去尋找杜小花的閻王，雖然對電影院的路不太熟，隱隱約約聽到有男女對談的聲音，終於在一處的走廊旁看到一男一女正對峙著，女的正是杜小花。

而那男的……閻王總覺得很面熟，好像在哪見過。

經過片刻的思考過後，他終於想起來，在他一開始要解救杜小花成魔之時，她眉心記憶裡那個令她難以忘懷的男人，也是讓她成魔的起因。

閻王目光如炬全身打量著鄭文風，不禁暗自竊想，就是這個男人……

他感到些微的不悅。

正當鄭文風與杜小花僵持不下之時，眼看鄭文風就要強吻了下去，那一刻閻王立馬瞬移到他倆身旁。

他推開鄭文風拉著杜小花的手，並將兩人隔出一段距離，目光中隱含著看不見的殺氣，語氣卻相當淡漠地說道：「放開。」

「哼，不甘你的事。」鄭文風的語氣充滿挑釁。

「回去。」閻王對著杜小花冷冷地說道。

「我、我……可是，那、……」杜小花完全不能理解，現在是什麼狀況，只能一愣一愣地說道。

「別如此拖沓，走！」閻王訓斥杜小花趕快離開此處。

杜小花見狀只能乖乖地回到播放廳內，但她此時大概已經沒什麼心情看電影了，只能焦急等閻王回到座位上，說明原委。

只剩下鄭文風與閻王在陰暗的走廊上，空氣中充滿劍拔弩張的氣息。

鄭文風遂先開口淡定地說道：「像你這樣的男人，怎麼會和杜小花來看電影？」

眼前的男人等級不知有多高，鐵定女人多得數不清。

聞言，閻王只是一聲冷笑，淡漠地回答：「你在嫉妒。」

「……」鄭文風完全做不出任何反應。

那一抹輕蔑的冷笑，像極了尖銳的諷刺狠狠地刺在鄭文風的心上，他看他的眼神冰冷又直接，好像隨時隨地都會被看穿一樣。

那過分俊美的臉孔和深邃如大海般的雙眼，正銳利地看著自己。

這個男的……令他生厭。

「你……」鄭文風悶著聲音，乾啞道：「又是她的誰？」

「……」這下換閻王陷入沉默，不知該怎麼回答，說到底以他的身分是不該來的。

雖然杜小花不算一介凡人，嚴格來說是個半仙，常理來說他終究不該來，但他卻來了，連他都不知道，為何自己當下會如此選擇。

好像是自然而然，不加思索般，回過神時……就已經來了……

難道自己真如展判官所說，當真如此在意她？

不過，她的一顰一笑，她的瘋癲……

他，並不討厭。

「什麼嘛？答不出來，原來你也跟我一樣，不曉得那種女人值不值！」鄭文風惡狠狠地說著，雖然這不是他的本意。

但不知為何，他一直無法在旁人面前，正視有關杜小花的一切。

明明他是全世界離她最近的人，僅有一步之遙。

「住口！」閻王冷冷睇了鄭文風一眼，那目光蘊含著君臨城下的威嚴，還有一絲對眼前這個男人的輕蔑，「別把本王與你相比並論。」

「還本王咧？真當自己是個皇帝。」鄭文風心想哪裡來的怪人，開口就是一句本王，雖然這樣的容貌，是足夠在社會上開後宮了，像是揶揄般的語氣說道：「你只是玩玩的吧？我就好人做到底，幫你介紹等級更高的女人，怎麼樣？你看是要模特兒？空姐？還是……」

不等鄭文風說完話，閻王單手掐著他的衣領，冰冷至極的語氣：「本王不許你議論她，你不配！」

「原來你喜歡她啊？」鄭文風被閻王拽在牆邊卻不依不饒地反擊道。

「是又如何，不是又如何。」

「真沒想到，你居然會喜歡她那種貨色？」鄭文風還在試圖，把杜小花說的極其不在意，但

是他說出對杜小花極其尖銳的話語，其實也在刺傷著自己。

「本王豈是你這種膽小之徒？連承認都不敢。」閻王只是嘴角上揚，帶著一絲邪魅，在鄭文風的耳邊說道：「本王是她的……追求者。」

語落，他在心中暗自發誓這些話，絕對不能讓杜小花聽到，以她花癡的個性，絕對會被她給煩死。

鄭文風露出一抹痛苦的神色，整個人像是被掏空一般，隨後又如同瘋魔般笑道：「是呀，我不敢承認。可她把我狠狠地甩了，不知從哪裡找了個像你這樣的男人。」

閻王轉身想離去，不過猶豫再三還是淡漠地說道：「她是真不知，她……忘了。」

「你是什麼意思？」鄭文風怔怔然。

「正是此意。」閻王回答，隨後離開此處。

過了許久，鄭文風整個人就像無力癱坐在地上，任由從眼角的眼淚滑過嘴角，靜靜地品嘗淡淡的鹽味，濃烈的酸楚在他的心裡發酵但他無可奈何。

因為這是他自己造成的。

如果可以重來，他會正視自己的感情。

有些人，就像空氣一般，不用特別去追求，就會環繞在自己的周圍，無色無味稀疏平常，正想認定是她離不開他的時候，其實離不開的是自己，原來她對別人的逐漸開朗的笑顏，在他的世界如同空氣被抽乾一樣難受……

可現在才明白這些，會不會太遲了？

在另一側走廊的深處，多多帶著墨鏡探出一半的頭，似乎已經觀察了好一陣子，正喃喃自語：「哇，不跟不知道，事情完全朝八點檔的方向走，天大的八卦啊。」

多多歪著頭，想不到閻王大人居然會說那樣的話！

等等，這樣杜小花成為未來的閻王妃，不就機率很大？

那地府會變成什麼樣子？

天吶，想想都胃疼。

唉，我是不是要好好考慮辭職，跳槽到天庭去？

# 第十章　別心湯

待閻王回到播放廳的位子上後，基本上再過幾十分鐘，電影大概就會結束了，但杜小花的臉色卻顯得異常蒼白。

「身子可有大礙？」閻王總覺得哪裡不太對勁，卻又說不上來。

「喔？我很好啊，總覺得精神很好。」杜小花掛著燦爛的微笑，蒼白的唇色，還有臉上不斷莫名盜汗的汗珠，但她卻沒感覺到哪裡不舒服，語氣相當有精神笑道：「對了，學長還好嗎？」

「他無礙。」閻王與語氣淡漠，但眉目之間卻有一股擔憂。

有時閻王看著杜小花心裡會想，如果有一天……她想起來關於鄭文風的一切。

她還會像這樣子對著他笑嗎？

「是嗎？每次見到他，我不知道為什麼胸口就會悶悶的。」杜小花困惑地說道。

閻王並沒有回她話，他總覺得她始終愛的人都是鄭文風，她只是忘了。

如果她記起……定會轉過身投入鄭文風的懷抱吧？

而他只是千萬年來的孤寂中，一次偶然，被一個半仙擾了一湖心池，他的年華對凡人來說，

是如此的遙不可及，歲月匆匆時光荏苒，起了漣猗的水面，遲早會恢復到平靜的樣子，船過水無痕。

看完電影結尾的彩蛋之後，兩人走出電影院天色早已昏暗，路上的人潮也早已散去，只剩下三三兩兩。

「本王送妳回去吧。」閻王語氣依舊是那樣的淡漠。

「好。」杜小花笑得很燦爛，任何人都看得出來她很開心，但那笑容卻有些有氣無力，此時她的臉色已毫無血色。

語落，杜小花身子一癱軟，手一鬆，可樂散落了一地，而她也旋即倒下，但閻王一個眼疾手快接過了她，將她擁入在他的懷中，不過他怎麼叫她，她好像聽不見像睡著了一樣。

閻王立馬替杜小花把了脈，發現她神似氣絕身亡，他略有些慌張，迅速地聚集內力拿出了清蓮玉扇，可他扇了三下，她還是無動於衷並沒有恢復原樣，他呆若木雞呢喃：「豈有此裡，本王的清蓮玉扇竟沒有任何作用？」

閻王繼續拿著清蓮玉扇又扇了三下、六下……，依舊沒有效用，到了扇第九下的時候，他徹底慌了……

「本王可是堂堂的閻王，判人生死可是本王說了算！」語畢，用盡全身的靈力試圖拿出他的法寶——生死簿。

天空中轟雷作響，從地底下緩緩伸出一本平凡無奇的簿子，外觀看起來沒什麼特別的，但閻

王的手掌摸過那簿子之後，封面立馬浮出生死簿三個大字。

而他手中的清蓮玉扇瞬間幻化成，一枝身為翠綠玉雕的毛筆，正當他正要打開生死簿之時……

「大王，不可以！若你撰改生死簿的話，天庭的那個機八廣，是絕對不會放過你的。」多多從閻王的後方大聲地咆嘯。

「難道要本王眼睜睜看著她死去？」閻王大聲怒斥。

他已經審判了千萬年無數生靈的生死，為何唯獨杜小花的生死，他卻無法面對。眼看自己失去原有的冷靜，他竟無言以對。

這是身為閻王的大忌。

此時閻王身上的裝扮回到古裝的模樣，紛亂的白玉珠擋不住俊美的面容，烏黑的髮絲散落徒留三千煩惱，一樣是那樣瑰麗的玄色長袍，卻和朝堂之上那威嚴的閻王大不相同。

隨後閻王一陣氣急攻心，吐出大口的鮮血。

方才的清蓮玉扇與生死簿，太過耗損閻王的內力與靈力，導致連現代的模樣都維持不住，又憂心忡忡，才會造成體內的氣息混亂。

「大王，冷靜一點，她是誤食了別心湯，這湯藥本不會傷人的，只針對神、仙、魔這些族群，雖然杜小花算半仙但是靈力太差，才會進入瀕臨假死的狀態。」多多在四處聞來聞去，終於在地上殘存的可樂裡嗅到了不對勁，「喔，原來是下在可樂裡啊？看這情況只要在經過一炷香，

這個小花新人就一命嗚呼了。」

「一炷香？」閻王摀著胸口嘴角滲著血絲，困難地起身，早已沒有了過去的從容。

別心湯，他還在天庭的時候就有耳聞……

會忘了自己的所愛之人，並且永不再愛上，原本是用在犯了關於情戒天條的神祇上，可不知從何時後起，傳聞竟有神女將此藥下在自己鍾愛的星君飲食之內，使星君忘了他的山盟海誓，居然在大婚之日逃了婚。

一夕之間，天庭所有俊秀的各路星君、神祇，人人自危。

天庭才把此湯藥的祕方塵封，並交給玄家來管理，他本以為他閻王，無欲無求無情無愛，心如止水，別心湯對他來說沒有多大作用，外加他有上古神器護體。

今日卻沒想到會吃了別心湯的虧。

看來是知道這湯藥下在他的身上，沒有什麼效用，因此這湯藥一開始就是用在……

他動心的女子身上。

那漫長千萬年的歲月中，才起那麼一次的漣猗。

「可恨！」閻王暗自咒罵這歹毒的心思，有朝一日，他必定連天庭的人都好好審查，看是否還保持心智高風亮節。

等等，目前方子保管在玄家，玄家……？

孟娘。

「大王，不要激動啊，這湯藥是有解藥的。」多多搖著狗尾巴，好像這是小事情般說著。

「在哪？本王親自去取。」

「大王，小的有一事請求，若你答應，小的就告訴你解藥是什麼。」多多突然非常恭敬地請求。

「說。」

「廟公爺爺年事已高，小的希望等他壽終正寢之後，由小的帶他上路，算是報答他的恩情。」多多真誠的目光望著閻王。

「准。」閻王調整好自己的狀態，不再慌張，明白這是什麼東西，尚有解藥，一切都好辦了，語氣又回往昔那樣冰冷，沉沉道：「解藥為何物？」

「嘛、就是我的鬍鬚一根。」多多吐著舌頭晃著頭，而狗鼻上細長的數根鬍鬚，正悠揚的隨風飄逸。

「拿來。」閻王二話不說，用手刀斬斷多多的一根鬍鬚。

然而那根斷裂的鬍鬚一落地，立馬變回某個怪物身上組織似的，變成巨大的鬍鬚。

「嗚嗚嗚嗚……大王，你砍我鬍鬚和我說一下吧？好讓我有個心理準備啊。」多多一臉的無奈，柴犬的鬍鬚很重要啊。

五百年前，把寶貴的一根鬍鬚給了那個風流星君，現在又被拔一根。

多多心裡暗暗想著，這樣不行……

看來要找時間潛入玄家的倉庫，把藥方偷回來，他自己收著。要不然每個中了別心湯的人，都要來拔他的鬍鬚。

他出門還要見人啊。

「快！」不過閻王絲毫不管多多的苦惱，催促著救人。

「以那鬍鬚為藥引，把這個加進去用內力熬煮，不過以大王的功力，大概只要十分鐘吧？」多多沒好氣地說道，並且把一只藥瓶給了閻王。

到底是為什麼？

他要教別人，並且看著別人煮他的鬍鬚湯，而且還是兩次。

到底是哪個王八蛋把他的鬍鬚當藥引！

閻王把玻璃瓶放在他的掌心，不會兒的功夫，從掌心發出的醇厚內力將巨大的鬍鬚慢慢吸入瓶中，隨後就在玻璃瓶內熬煮大約經過了十分鐘，瓶中的液體就如同中藥般濃黑，甚至從瓶口散發著不太好聞的氣味。

「呦？速度真快呢，剩下的問題只有……要怎麼讓沉睡的杜小花喝下解藥？」多多用狗掌推了推杜小花，發現對方一動也不動。

只見閻王自己含了一口解藥，將手伸到杜小花後腦勺，直接將唇覆上她，這深情的一吻一點一滴把湯藥傳遞給她。

片刻，閻王緩緩離開她的唇，淡漠地說道：「不許讓她知曉此事。」

「那……我說了，會怎樣？」多多問道。

「滅了你。」閻王冷冷地回答。

多多一臉的驚嚇，用狗掌遮住眼睛，慌張地說：「小的什麼都沒看到。」

閻王用手指輕輕點著杜小花的眉心，確定解藥已經發揮藥效，才放下心來淡道：「甚好。」

很快杜小花臉上的氣色有慢慢回復，但是還沒恢復意識的樣子。

「喔？奇怪的男人味正朝這裡靠近。」多多說。

「讓他照看她吧。」閻王又回到清冷的表情，看不出內心在想什麼。

「為什麼？」多多是聽的一頭霧水。

「這別心湯因本王而起，解鈴還需繫鈴人。」閻王冰冷地說著，而且以閻王這個身分來說，今夜，他已經夠任性了。

這樣就好了，讓她去她應該去的地方吧……

「是孟娘吧？她本是玄家的人，目前只有她可以拿到別心湯。」多多搖了搖頭。

牠看了這麼多年，真不知這天庭的仙和凡人有何區別？

閻王沉默片刻彈了響指，汗血寶馬又立馬憑空奔跑了出來，他迅速地坐在馬背上，冷冷瞥了杜小花一眼和多多說道：「她就交給你了。」

「大王，放心。小的是不會給那個男人任何機會的。」多多回答。

語落，閻王便駕馬而去，只留下多多和沉睡中的杜小花，而多多為了引起鄭文風的注意，如

同一隻好動的柴犬在杜小花周圍又跑又吠。

鄭文風整理好情緒才離開電影院，在經過一處僻靜的地方，隱隱約約聽到狗叫聲，在沒人的地方透著深夜，那叫聲格外的清晰，本以為只是路上的野狗，但沒想到從草叢裡邊跑出一隻柴犬，他看了一眼便認出來那是杜小花的，便也跟了上去，才發現正昏睡中的杜小花。

「小花、小花，妳醒醒。」鄭文風感到非常奇怪，她怎麼昏倒在這種地方，而且那個男的呢？拋下她了？

但從剛剛的對談，他不覺得他會丟下她。

仔細看地上還有些微血跡，這讓他緊張地查看杜小花有無外傷，期間他正翻動她的身體時，多多露出一副要咬他的姿態，確定血跡不是來自她的，才放下心來，遂撥打了救護車的電話送往醫院，當然一路上多多也都跟著。

閻王駕馬一路狂奔，臉上的表情極其冷酷，地府裡的月光照映在他身上，是那麼清冷又冷冽，迎面而來的狂風帶著幾分怒氣，這讓他想起元始天尊對他說的話，像一個詛咒般刻在他的骨子裡。

『閻，資質出眾博學多聞，繼承大統不是不可，只是……其外型太過出眾，會引起不必要的

紛爭……』

所以千萬年來他競競業業，過著無風無浪的日子，偶爾去人間看新奇的玩意，日子清淨恬淡也就將就著過，過著過著地府不知不覺也到這個規模，他很是欣慰。

就那麼一瞬間，就那麼一個人，他動了一絲心思。

可嘆他的那麼一點心思，卻差點害了她命喪黃泉，剛才的經歷才讓他意識到……若真有那麼一天，他能審判杜小花嗎？

不能，他不能有那一天。

汗血寶馬的馬蹄，無情踏著含有花蕾的泥，河道兩旁依舊開滿了豔麗的彼岸花，其花不需要陽光，不需要任何滋養，那一片邪魅之花詭譎又罕見，只有往生者要到達彼岸時，才看得其真正的姿態。

「娘娘、娘娘，大王來了。」松丫環急急忙忙跑去孟娘的房中通報。

「哼，這幾百年來……他終於來了，不過是為了別的女人而來。」孟娘正梳妝打扮，這大概是有始以來最好看的裝扮了。

而竹丫環與梅丫環還在幫孟娘細心的打扮，從臉上的粉黛、妝髮到服裝，她心裡也明白，即便杜小花這個威脅除掉了，閻王會恨她或許永遠也不會愛她。

可為了那個杜小花，她日夜思念的人終於在這寢宮，踏上了一步。

倒也值了。

「大王有何貴事？居然來妾身的寢宮，沒想到妾身還有此等福氣。」孟娘一襲豔麗的桃色，臉上頂著精緻的桃花妝，由數個做工精細的珠翠簪子，點綴著她烏黑亮麗的髮絲。

「別心湯，好一個監守自盜！」閻王語氣充滿了不悅。

「妾身只是擔憂大王，被那半仙耽誤了朝中正事，因此替大王分憂解勞罷了。」孟娘走近閻王的身邊柔聲道。

看閻王如此煩心，可見別心湯的效力是成了。

「那還真是有心了。」閻王是皮笑肉不笑。

「能為大王分憂是妾身的榮幸。」孟娘望著眼前的男人，卻發現閻王連一眼都不願看她，她獨自吞下酸楚柔柔道：「那杜小花情況還好嗎？」

「她、安然無恙。」閻王冷笑一聲。

「妾身領罪，請大王降罪。」孟娘半跪行禮，來一招以退為進。

沒想到，別心湯居然沒有效？

這怎麼可能？

還是閻王有找到解藥了？可……藥方是上古魔獸的一根鬍鬚，這……？

「妳何罪之有？」閻王倒饒有興致地看著孟娘，看她如何下這台階。

「妾身不該自作主張處置了那杜小花。」孟娘說的楚楚可憐。

「妳替本王分憂，本王不但不罰妳，還要賞妳。」閻王笑的一絲邪魅，就派人端了一碗湯

藥，其湯藥清澈如水，放在桌上淡漠地道：「這是本王賞給妳的別心湯。」

「大王，妾身何罪之有？」孟娘嚇得跪地求饒，就連身旁的歲寒三丫環都齊刷刷地跪地求饒，「大王，饒命！放過娘娘吧……」

「本王沒有傷及妳性命，為何要求饒？」閻王淡漠冷眼看著眾人。

「可妾身不想忘記大王啊，為什麼？大王居然為了那個半仙，賜妾身別心湯！」孟娘滿臉淚痕哭喊著：「妾身也是一往情深……」

「妳的那一點心思，多了。」閻王只是冷冷地回答。

「在天庭的時候妾身就很喜歡你，可你從未認真看過我一眼，甚至為了你放棄天庭，放棄九天玄女的一切，來到這個暗不見天日的地方。」孟娘忿恨地說。

「妳好大的膽子，還敢提天庭。」閻王看著孟娘的目光是極其冰冷，淡漠的表情冷冷地說道：「本王再坐懷不亂，還是比不過你們女人家的那點心思。」

「哼，那杜小花呢？她和我有什麼不一樣？」

「本王嘗過千萬年的孤寂，就只有那一人，而妳卻不放過。」閻王緩緩說著，親自將別心湯端在她的面前，「喝了它。」

「大王的意思是……你喜歡那個杜小花？」孟娘流著淚，她還寧願閻王恨她，大聲吼道：「我是哪裡比不上她？」

「她不似妳心狠。」閻王回答。

「你以為她是愛你的嗎？她愛的是那個凡人，她只不過是忘了他。」孟娘冷笑一聲，惡狠狠地說道。

隨後孟娘拿出杜小花的記憶瓶，裡面盡是杜小花愛著鄭文風的回憶，伸出手往地上一丟把玻璃瓶砸了，把屬於杜小花和鄭文風兩人的記憶，全都還了給杜小花，從玻璃瓶裡飛出許多的蝴蝶慢慢消失在空氣中，她倒想看看閻王的表情會怎麼樣。

「倘若她愛他，本王不會有任何的怨言。」閻王的表情很坦然，語氣很淡定。

這種事，他早就知道了。

那一刻……孟娘似乎明白了，她窮盡一生都不會贏得這個男人的愛。

只見孟娘便把那碗透明的湯藥，給喝了下去，本是她自己出的主意，由她自己收拾，一碗飲盡乾乾淨淨。

天庭梅花林裡，傳聞有一俊秀的神祇，喜愛在那忙裡偷閒半日生，其風度翩翩，不少神女、仙女常在那偷窺，也包括她九天玄女——玄孟。

後來她才知道那俊秀的神祇叫『閻』，是未來繼承大統的候選人之一，同時也是裡面最為俊美的神祇，其面容與月河星君有得一比。

可她每日來，他始終沒有正眼瞧過她一回，也未曾瞧過別人，所以她暗自竊喜，沒有消息就是好消息，即便後來他被流放到不見天日的蠻荒之地，她也跟著他，一直以來都偷偷窺視著他，竊喜著他依舊沒有瞧過什麼人，就這樣過了一百年再一百年又一個百年……

這樣也好……忘了也好，我也樂得輕鬆。

半晌，孟娘飲下別心湯之後，像疲累那般沉沉睡去但臉上掛著的卻是安穩的笑容。

「好生照看她。」閻王對著歲寒三丫環說道。

「謝大王的不殺之恩。」松丫環帶頭謝著恩。

閻王便拂袖離去，不帶走什麼和留下些什麼，歲寒三丫環望著閻王的身影，明白此後閻王都不會再來這。

某日早晨，溫暖的陽光散落在杜小花的臉上，她彷彿做了個很長的夢，夢中她愛的人不把她當一回事，肆意揮霍著她的崇拜還有她的愛，但是有個人卻拼了命救她，一而再再而三的……

「這……這是哪裡？」杜小花緩緩睜開眼，先是刺眼的光線，而後才慢慢浮現周圍的場景。四周皆是白色的牆壁，這熟悉的地方，杜小花一眼就認出來了，這是她之前住院的地方，而眼角餘光一看，鄭文風在她的床邊趴著睡，看來是照顧了她一整晚。

陽光灑落在鄭文風的側臉，他的髮際線，他的鬢角，他的嘴角，這曾經讓她深深著迷的人，如今做了好長的夢醒來，再次看望著他已有些許的不同。

「小花，妳醒了?有沒有感覺好一點?」鄭文風感受到動靜，睜開眼便看到坐起身的杜小花。

經過昨日的一事，他想明白了，想得很清楚了……

他喜歡她，這不是玩玩的，儘管出發點並不是那麼美好，但是從今而後他會對她好的。

「嗯，我很好，謝謝你照顧我一整晚。」杜小花此時的腦袋，需要消化著龐大的訊息，關於

鄭文風的回憶一股兒湧入，混雜著新的記憶，她還需要一點時間搞清楚。

「我、我……」鄭文風猶豫再三，那幾個字好像卡在喉嚨，隨後他深吸了一口氣，緩緩說道：「對不起、我之前沒有好好正視妳，但我發現我喜歡的人是妳。」

「我曾經很喜歡你，真的。那些的時候……我是認真的。」杜小花望著他淡漠地回答。

「曾經……」鄭文風頓時心一沉，悶著聲音，好不容易才吐出了那幾個字：「那現在呢？」

「……」杜小花先是沉默不出聲，思考了片刻才說道：「我不知道。」

杜小花凝望著他是那樣地熟悉，只是心裡的東西好像發生了變化。

現在問她喜歡的人是誰？一時之間，她還真答不上來。

「妳，還記得我們的事情嗎？」每每想到這點，鄭文風就懊悔不已。

昨晚他把她送來醫院見她如昏迷般沉睡，他十分擔心便去詢問醫生她的情況，他才明白早在車禍的時候，她就經常昏睡又毫無徵兆的醒來，他才知道她可能有失憶的情況而且是選擇性失憶，忘了對自己最有打擊的事情。

而他絲毫卻沒有發現……

還是從另一個男人的暗示，他才明白。

「原本忘了，但現在又想起來了。」這下杜小花開始思索，孟娘不是拿了她關於鄭文風的記憶嗎？怎麼又還給她？她老是覺得地府那邊出了什麼事，心中惴惴不安。

「妳想起了嗎？」鄭文風乾啞道：「那、那天妳看到了嗎？」

「不重要了。」杜小花笑的雲淡風輕。

鄭文風伸出手想要緊握著杜小花的手，但她卻下意識地把手收了回去，那一瞬間他就明白她全都看到了，她也全部想起來了。

「告訴我，妳看到了什麼？」鄭文風選擇打破沙鍋問到底。

「全部。」杜小花笑著回答。

# 第十一章　閻王大人為何不理我？

那一日是學長的生日，她親手做了禮物，想要給鄭文風一個驚喜，她想告訴他，她願意當他的女朋友，她也練習好幾次……她要怎麼和他告白。

前一天的晚上，她開始學化妝，開始買新衣服，開始學會讓自己更好，其實她都明白但是苦於她的零用錢很有限。

她以為他能明白她的難處……

因此她躲在教室的角落，但沒想到驚喜卻變成驚嚇，她沒有等到一個善解人意的男友，而是等到一男一女的無限春光。

「我、我……」鄭文風顯得非常痛苦，他最不想發生的事情還是發生了。

「沒關係，你有你的不甘願，我有我的倔強。我們都沒錯，只是錯過了彼此。」這是杜小花做了很長很長的夢，才得到的結論。

他不甘願以他的條件卻還得她。

而她倔強地認為，如果她不是唯一，就算沒有他、沒有任何人……

她也無所謂。

鄭文風只要回憶著他們的往事，想著兩人曾經看著螢火蟲眺望著夜景，那風景太美，笑得太幸福，讓他漸漸分不清到底是一瞬的花火，還是伸出手想要許下承諾的心動。

「我……好像從來沒有真正的認識妳。」聽著坐在窗邊的杜小花的答案，好像是他平時認識的，卻又不完全真的如他想像那樣。

他眼中的杜小花，會打鬧、會哭泣、可能會求他。

到頭來，本該哭鬧、本該需要人照顧的她卻坦然地接受了，只是這份坦然卻讓鄭文風很不安。

「是不是那一瞬間，覺得我很成熟？」杜小花呵呵笑道。

自從遇到這麼多地府奇異的事，她的認知早就有了天旋地轉的改變，就好像她破碎的世界又被重新拼接成新的一個；一個只屬於她，獨一無二的世界，至於有沒有人理解，早就不重要了。

況且從走過地府的金雞惡狗嶺之後，她決定還是當個吃虧的好人。

「那、那個男的？就那天和妳在一起的，妳喜歡他嗎？」鄭文風試探地問道。

她的雲淡風輕令他很害怕，他思索著……

「……」杜小花陷入了沉思，正當手摸了摸褲子的口袋後，從中看到了一張照片，那是她和閻王一起拍的靈異照片。

她忍不住地露出了會心一笑。

「妳在笑什麼？」鄭文風詢問。

「就那天和他一起看電影，發生了許多好笑的事。」杜小花笑得幸福。

從那一刻……鄭文風望著她的笑容，他就明白，對她而言新的人、事、物，新的回憶，即將覆蓋他和她曾經的回憶。

笑她癡傻，到頭來停滯不前的原來是自己。

「我是不會放棄的，希望妳能給我一個機會。」這次鄭文風強壓著心中的痛苦，他明白他錯過了但他還是想要替自己努力一回。

他不想要後悔。

而杜小花只是露出了微微一笑，那一瞬間，鄭文風甚至有種她變得很迷人，很漂亮的錯覺。

當天夜晚，換多多來醫院看望杜小花，待她的元神脫離肉體之後，多多才緩緩說道：「你們白天的談話我都聽到了。」

「前輩，你覺得呢？我該給他機會嗎？」

「這個問題呢？妳問妳的十個閨密，九個會回答妳不能給他機會，剩下那一個會建議妳砍死他。」多多沒好氣地說道。

「那前輩你怎麼看？」杜小花呵呵問道。

多多突然露出非常正經的臉色說道：「愛情……就和牛奶一樣，一但臭酸就不能喝了，硬是喝下去遲早會拉肚子。」

「我怎麼好像聽懂了。」

「那是你們人類有事沒事，搞得那麼複雜。」

「最近……地府……」還不等杜小花說完，多多就搶先說道：「嘛、發生了超多的事情，先是妳被下藥，然後大王救了妳，換孟娘被處罰……」

隨後多多和杜小花說了全部的事情，只是閻王救她的細節講了大概，但唯獨閻王吻她餵藥的部分，隻字不提。

「那閻王怎麼樣了？」杜小花擔心地說道。

「他沒事，依舊來上朝。」多多如此說道。

多多在心裡想著，閻王大人似乎悶悶不樂，雖然審判的日常一件都沒落下，下判決的時候依舊是那樣快、狠、準。

只是似乎少了那麼點從容和淡定，而且會提前上朝結束之後也會留晚一點，就好像在等著什麼人一樣……

「那孟娘呢？總覺得有點對不起她……」杜小花問道。

「她喔，這樣比較好。」

多多想著，遲早孟娘會對閻王動心的女子動手，不管那人是不是杜小花。

不過怎麼會是杜小花呢？牠開始有點同情閻王。

「什麼意思？」

「反正，妳不用擔心啦。我已經幫她報名下個月的聯誼了。」多多隨手拿出傳單，上面的標

題就寫著：天庭與地獄的最後一次親密接觸。
「我怎麼覺得哪裡怪怪的？」杜小花接過傳單看了看，頗有興致地說：「我也可以去嗎？」
「妳去天打雷劈。」多多對杜小花翻著大大的白眼。
妳撩的漢還嫌不夠多嗎？
「前輩等等陪我去找閻王好嗎？」杜小花準備了一紙信紙，是她找時間偷偷寫的，經過這陣子的思考，她現在很明白自己的心意了。
「我來就是來問妳，要不要去看看大王。」多多看著那信紙，用非常八卦的眼神盯著瞧。
閻王廳的展判官還有侍衛們都看出來閻王有點不開心，而且閻王最近進入瘋狂加班的模式，他不走沒人敢打卡下班，所以大家都苦不堪言。兩人就往地府出發了，然後離走前杜小花的元神看了鄭文風一眼，他依舊在她床邊照顧著她，而她只是穿過他的身體後離開，不知不覺他們的世界已有非常大的差別。
在剛踏出病房門口的時候，看到杜晉臣拿著鮮花正迎面而來，但不知道是不是她的錯覺，她總覺得杜晉臣似乎看得到她，還瞥了她一眼……
杜晉臣走進病房內看到鄭文風緊張照顧著杜小花，因為他發現杜小花叫不醒，像似昏迷的沉睡一般，正想叫醫生護士來看看的時候。
「她的元神離開這裡了，你當然叫不醒。」杜晉臣淡定遂先開口。
「老師，我、我……」鄭文風嚇了一跳，突然自己的指導教授出現在這裡。

「你喜歡她嗎？」杜晉臣淺淺一笑。

「我……」鄭文風頓了頓，隨後點了點頭，又想到什麼似的慌張說道：「老師為什麼會在這裡？」

「你知道你幾天沒去實驗室了嗎？」杜晉臣語氣沒有任何責備，反而是擔心。

「對不起，老師，我明天會補齊研究進度，然後在Meeting上提出的。」鄭文風緊張地提出。

「沒關係，那不急。」杜晉臣最後意義深長地又問一次：「你喜歡她嗎？」

「對！我喜歡她，我不想再騙自己了。」這是鄭文風給了明確的答案。

「即便你們已經是兩個世界了，也喜歡她嗎？」

「老師，我聽不懂，這是什麼意思？」

「她現在是一位半仙，可你一介凡人，要怎麼和俊美的神祇爭？」杜晉臣緩緩說著，臉上左側的淚痣看起來多了點狡猾的意味。

「老師，我聽不懂。」鄭文風聽得是一頭霧水。

「連看都看不到，唉、幾千年來的輪迴……折磨得讓你越來越不像神……」

「我？看不到？」

「戰，已經過了幾千年，我終於找到你了。你本就不是普通人，都怪那可恨的天庭。」杜晉臣看著鄭文風，眼角餘光還泛著淚，一臉的感動。

千萬年之前，他苦苦著找尋著戰的蹤跡，從天庭到人間，從蠻荒之地經過無垢沙漠，最後連

盡頭的阿修羅魔界都有他的蹤跡。

終於皇天不負有心人。

「老師！你在說什麼？」鄭文風整個人慌了，眼前這個人好像變了一個人似的。

「我來幫你開天眼吧，你會慢慢想起你是誰。」杜晉臣用手比著劍指，緩緩滑過鄭文風的雙眼。

片刻，病房突然颳起一道強風，待鄭文風睜開眼，他的瞳孔在一瞬間變成金黃色但很快又恢復原樣，而他的雙眼卻變得深遂又空靈。

此時杜小花和多多很快來到閻王廳，這次御前侍衛沒人會擋住她，讓她大搖大擺的走進去，甚至個個看到杜小花，就像看到救世主一樣，拯救他們脫離無限加班的地獄輪迴。

「閻王，謝謝你又救我了一次。」杜小花走上前最靠近案桌前的位置。

「別擾本王。」閻王淡定拿著毛筆批改文件，但墨跡從原本的軟沓無力變成剛毅有力。

不過杜小花當然看不出這差別。

「這個給你……」杜小花表情羞澀地將信紙遞給閻王。

閻王面無表情冷冷地將信紙，拆開來觀看，先是眉頭緊鎖而後隨手換了支沾有硃沙豔麗的橘紅色毛筆，一一把幾個錯字圈了起來，在旁邊標註罰寫一百遍，又把信紙還給杜小花。

「你是我國文老師逆？」杜小花看著她的情書被圈的滿江紅，還一堆錯字要罰寫。

「快寫！」閻王小聲斥責道，但是嘴角有著很淡很淡的上揚。

「怎麼樣？閻王要當我閃光嗎？」杜小花決定拋棄女性的節操，上前關切的詢問。

「胡鬧！」閻王挑了挑眉，一彈指就把杜小花彈出閻王廳，甚至命人別把杜小花放進來打擾他工作。

所有人在看到繼續工作的閻王後，一眾侍衛們臉上紛紛露出失望之情，無奈地把前一秒還是救世主，後一秒就沒啥卵用的杜小花擋在門外。

只見杜小花在門外侍衛的抵擋下，哭喊著：「閻王大人為何不理我啦？嗚嗚嗚。」

待夜深人靜之時，閻王廳窗外的黑夜如千萬年般持續著，即便桌上堆滿了文件和奏摺，皎潔的月光依舊靜靜地散落在案桌上，可不知為何今日的月光讓閻王感到格外舒心。

全書完

醸奇幻72　PG2901

# 閻王大人為何不理我？


作　　者　　玥希紫
責任編輯　　石書豪
圖文排版　　陳彥妏
封面設計　　王嵩賀

出版策劃　　醸出版
製作發行　　秀威資訊科技股份有限公司
114 台北市內湖區瑞光路76巷65號1樓
電話：+886-2-2796-3638　傳真：+886-2-2796-1377
服務信箱：service@showwe.com.tw
http://www.showwe.com.tw
郵政劃撥　　19563868　戶名：秀威資訊科技股份有限公司
展售門市　　國家書店【松江門市】
104 台北市中山區松江路209號1樓
電話：+886-2-2518-0207　傳真：+886-2-2518-0778
網路訂購　　秀威網路書店：https://store.showwe.tw
國家網路書店：https://www.govbooks.com.tw
法律顧問　　毛國樑　律師
總 經 銷　　聯合發行股份有限公司
231新北市新店區寶橋路235巷6弄6號4F
電話：+886-2-2917-8022　傳真：+886-2-2915-6275

出版日期　　2023年3月　BOD一版
定　　價　　260元




讀者回函卡

**Printed in Taiwan**

國家圖書館出版品預行編目

閻王大人為何不理我? / 玥希縈著. -- 一版. --
臺北市 : 釀出版, 2023.03
面 ;　公分. -- (釀奇幻 ; 72)
BOD版
ISBN 978-986-445-778-6(平裝)

863.57　　112000194